재일디아스포라
문학선집

1
—
시

편역자　재일디아스포라 문학의 글로컬리즘과 문화정치학 연구팀

김환기金煥基 동국대 일어일문학과교수
유임하柳壬夏 한국체대 교양과정부 교수
이한정李漢正 상명대 글로벌지역학부 교수
김학동金鶴童 동국대 일본학연구소 연구원
신승모辛承模 동국대 일본학연구소 연구원
이승진李永鎭 동국대 일본학연구소 연구원
한성례韓成禮 세종사이버대 겸임교수
한해윤韓蕙昀 가톨릭관동대 VERUM 교양교육연구소 책임연구원
방윤제方閏濟 경희대 후마니타스칼리지 강사

필자

가야마 스에코香山末子	**아라이 도요키치**新井豊吉	**전미혜**全美恵
강순姜舜	**안준휘**安俊暉	**정인**鄭仁
강정중姜晶中	**양석일**梁石日	**정승박**鄭承博
김리자キム・リジャ	**오림준**吳林俊	**정장**丁章
김수선金水善	**왕수영**王秀英	**조남철**趙南哲
김시종金時鐘	**윤건차**尹健次	**종추월**宗秋月
니쓰야마 나오미夏山なお美	**이기동**李起東	**최용원**崔龍源
나카무라 준中村純	**이명숙**李明淑	**최현석**崔賢錫
리케 미요코李家美代子	**이미자**李美子	**최화국**崔華國
박경미ぱくきょんみ	**이방세**李芳世	**하기 루이코**萩ルイコ
송민호宋敏鎬	**이승순**李承淳	**허남기**許南麒
시마 히로미嶋博美	**이용해**李龍海	**호소다 덴조**細田傳造
신유인申有人	**이우환**李禹煥	
신종생申鐘生	**일봉**一峰	

재일디아스포라 문학선집 |1| 시 재일디아스포라 시인 40인의 시

초판인쇄 2017년 4월 15일 초판발행 2017년 4월 30일
엮고옮긴이 재일디아스포라 문학의 글로컬리즘과 문화정치학 연구팀 펴낸이 박성모 펴낸곳 소명출판
출판등록 제13-522호 주소 서울시 서초구 서초중앙로6길 15, 1층
전화 02-585-7840 팩스 02-585-7848 전자우편 somyungbooks@daum.net 홈페이지 www.somyong.co.kr

값 28,000원
ISBN 979-11-5905-191-3 04810
ISBN 979-11-5905-190-6 (세트)
ⓒ 동국대 일본학연구소, 2017

이 책은 2013년도 정부(교육부)의 재원으로 한국연구재단의 지원을 받아 연구되었음(NRF-2013S1A5A2A03044781)

| 동국대 일본학연구소 연구총서 |

재일디아스포라

문학
선집
1
/
시
—
재일디아스포라
시인 40인의 시

재일디아스포라 문학의 글로컬리즘과
문화정치학 공동연구팀 편역

A LITERATURE COLLECTION
OF KOREAN DIASPORA IN JAPAN

1 _ POET

 소명출판

재일디아스포라 1세대의 원로시인들은 일제강점기를 직접 겪은 세대들이다. 해방 후에도 일본에서 살아야 했던 그들에게 고향과 어머니는 늘 가슴 한 쪽을 차지하는 아련함이고 애잔함이었다. 조국의 동족상잔과 분단을 무기력하게 바라보아야 했고, 일본 땅에서 이념에 따라 남과 북으로 갈리었다. 일본에서 활동하고 일본어로도 시를 썼지만 시적 정서나 정체성은 조선인이었던 이들 세대는 일본어를 사용하지만 모국어는 한국어였다. 결국 재일디아스포라 1세대 시인들은 영원한 디아스포라, 경계인으로서 살아갈 수밖에 없었다. 일본에서 살지만 그렇다고 일본인이 되지 못하는 그들에게 그 박탈감을 채우는 수단이 바로 시였으리라. 이제 1세대 시인들 중 많은 분들이 작고하였다. 그렇기 때문에 이번 재일디아스포라 시선집의 출간은 여러 면에서 매우 의미 있는 작업이라고 생각한다.

시대의 변모에 따라 재일디아스포라 시인들의 시 창작 형태도 변화를 거듭해왔다. 1950년대 김시종, 양석일이 만든 재일조선인 문학동인지 『진달래』, 『가리온』의 창간은 어떤 의미에서 기적이었다. 글과 언어는 민족에게 가장 중요한 요소이다. 특히 김시종은 재일조선인의 민족교육과 인간으로서의 복권, 정체성 등에 커다란 영향을 미쳤다. 김시종은 재일디아스포라가 일본에서 살아간다는 점을 주체적으로 파악하면서도 언어나 감성의 단순한 혼합이 아니고 일본어와 일본의 감성을 이화시켰다. 자의식에 대해서도 '재일'의 삶을 적극적으로 긍정하지만 조선과도 일본과도 다른 이질화된 자율적인 존재로서 '조국에 없던 것'을 창조해 냈다. 한일의 틈새를 살아간다는 것을 끊임없이 의식하면서 그 어느 쪽에도 동화되지 않고 주어진 상황을 플러스적인 요소로 전환하려는 자세였다.

최근에는 재일디아스포라문학을 크레올creole(지배자와 피지배자 사이에서 태어난 혼혈적인 문화를 뜻하는 말) 문학으로 파악하려는 주장도 새롭게 등장하고 있다. 자기, 언어, 문화인식 자체를 근본적으로 변혁시키려는 문화적 사상이다. 재일디아스포라문학에서도 2세대 작가 원수일(1950~)을 비롯하여 크레올 예찬론자들은 주로 해방 이후에 태어난 세대들이다. 그런 면에서 재일디아스포라 2, 3세대의 문학이야말로 본격적인 크레올 문학이라는 규정도 가능하다. 크레올화한 힘은 토착 문화와 모국어의 정통성을 근거로 해서 구축해온 모든 제도와 지식, 논리를 새로운 비제도적인 논리에 의해 무력화시키고, 인간을 내면에서부터 갱신하고 혁신하는 새로운 비전의 전략을 내포하고 있다.

1세대의 시는 조국을 그리워하고 분단된 조국을 안타까워하는 시가 주를 이루지만, 2세대의 시는 차츰 조국을 바라보는 복잡한 시선, 또는 조국과는 관계없이 내면의 흐름을 쓴 모더니즘의 시 등 다양하게 변화해 왔다. 앞으로 재일디아스포라의 시는 크레올 문화를 포함하여 규정할 수 없는 새로운 세계로 변화를 거듭해 나갈 것이다.

재일디아스포라 시선집의 작품 선정은 사가와 아키佐川亜紀(1954~) 시인과 모리타 스스무森田進(1941~) 시인이 정리한『재일코리안 시선집』(2005)에서 일부 참고하였음을 밝혀둔다. 이 두 시인은 일본에서 재일디아스포라 시인들이 확고한 위치를 다지는 데 혼신의 힘을 기울여 왔다. 또한 이 시선집에는 일제강점기가 끝난 1945년 이후 현재까지의 시인들을 수록했음도 밝혀둔다. 일제강점기에 일본으로 이주한 1세대, 일본에서 나고 자란 2세대와 3세대, 그리고 부모님 모두 한반도인인 경우, 한쪽 부모가 일본인인 경우, 조부모 중 한 쪽이 일본인인 경우, 배우자가 한반도인인 경우 등 다양한 환경을 가진 시인들의 다채로운 시 세계가 펼쳐져 있다. 마치 거대한 우주를 보는 듯하다. 재일디아스포라 시인들은 그동안 '재일시'라는 시의 왕국을 건설해 왔으며, 언어와 국경을 뛰어넘어 새로운 세계로 도약하고 있다.

이 책,『재일디아스포라 시선집』의 출발은 한국연구재단의 2013년도 학술지원사업인 '재일디아스포라문학의 글로컬리즘과 문화정치학'에 두고 있다. 이 작업을 진행하기 전부터 우리는 재일디아스포라 문학 연구팀을 가동 중이었다. 연구재단의 학술지원사업에 선정되면서 우리 팀은 재일 시 작품을 선별하고 번역하여 이 책을 출간하기에 이르렀다. 이 책을 내기까지 감사할 분들에 대한 소회를 밝히지 않을 수 없다. 무엇보다도 재일디아스포라 시선집 발간에는 국가재정의 지원 덕택이지만 이것에 한정되지 않은 인연과 공력이 있었다. 먼저, 지난 몇 년간 우리 팀원들이 보여준 놀라운 집중력과 높은 학문적 성취를 말하는 게 순서상

옳다. 재일디아스포라 문학연구회의 소장학자들이 보여준 열정, 공동연구자들의 의기투합이 소기의 성과를 이루는 토대였다. 함께 훌륭한 팀워크를 이루며 열정을 바친 추억은 가슴 속 깊이 간직하고자 한다.

또한, 저작권을 가진 원작자들이 보여준 예상 이상의 후원을 거론하지 않을 수가 없다. 사실 이 같은 원 저작권자 분들의 후원 없이는 작품 선별과 선정에 이르는 과정이 결실을 맺기란 어렵다. 재일디아스포라문학을 소개하는 기회가 될 것이라는 취지에 깊이 공감하며 이 책의 출판을 도와주신 원작자 분들과 김종태 선생의 애정과 지원에 깊이 감사드린다. 마지막으로 본 연구팀의 시선집 발간 취지에 공감하시고 시 번역이라는 전문적인 작업을 흔쾌히 맡아서 번역해주신 한성례 선생께 감사드린다.

2017년 봄

재일디아스포라 문학의 글로컬리즘과 문화정치학

연구팀을 대표하여

김환기 씀

차례

가야마 스에코
香山末子

지고쿠다니에 내려가니

고추가 있는 풍경

푸른 안경

내 손가락과 눈

가야마 스에코香山末子

1922년 경상남도 출생. 1941년 일본으로 건너감. 같은 해
둘째 아이가 태어남. 1945년 나병 요양소 구사쓰구리우라
쿠센엔(草津栗生楽泉園)에 입원. 49세부터 일본어로 시를
쓰기 시작. 시집 『구사쓰 아리랑』(1983년), 『뻐꾸기 우는
지고쿠다니』(1991년), 『푸른 안경』(1995년). 2002년
에 유고시집 『행주치마의 노래』를 출간. 1996년 작고.

지고쿠다니*에 내려가니

아무런 목적도 없이
지고쿠다니에 와서 서성이고 있다
지고쿠다니도 분주하다
바람이
휘잉위잉 소리를 내며 쌩쌩 부는걸 보면
정말로 분주한 모양이다
그 너머에서는
꾀꼬리와 온갖 새들이
쉴 새 없이 지저귄다
지금은 소리만 귀에 가득 찬다

공습에 쫓겨
집과 방공호를 오가며
아이들과 할머니, 어머니가
손을 붙잡고 도망을 다녔다

아득한 옛날 일

둘째 아이를 낳은 지 얼마 안 되어

나병에 걸린 사실을 안 나는

어느 날

호수를 건너 지고쿠다니로 갔다

뛰어내렸으면 좋았으련만

지금 생각하면 우스운 이야기

나무뿌리, 풀뿌리를 움켜잡고서

지고쿠다니 중간까지 내려갔다

까마귀는 검은 부리를 내밀고

지고쿠다니가 쩌렁쩌렁 울릴 만큼 큰소리로 지저귀고 있었다

갓 태어난 아기

그 아이의 이름을 부르며

'가여운 것 왜 태어나서는……' 하고 속으로 울부짖었다

바람마저 세차게 불던

지고쿠다니를 버리고

나는 집으로 돌아왔다

옮긴이 주

* 지고쿠다니(地獄谷) : 지옥계곡. 일본 홋카이도(北海道) 노보리베쓰(登別) 온천지에 위치한 계
곡. 검붉은 바위가 병풍처럼 둘러쳐진 골짜기에 있는 옛 분화구의 땅 밑에서 뜨거운 물이 솟아
오르는 모양이 지옥을 방불케 함.

고추가 있는 풍경

내 고향에는 볏짚 지붕뿐
가을이 되면 볏짚 지붕에
새빨간 고추를 말린다
여느 집 지붕이나
가을 하늘아래 고추가 붉게 반짝이어
눈이 아릴 정도다

일본의 지붕에는
새빨간 매실 절임을
바구니에 담아 햇볕에 말린다
나는 열이 날 때마다
그 새빨간 매실 절임을 먹는다

한국의 그 빨간색 풍경은
지금 어떻게 변해 있을까?
눈에 어른거린다
열이 나는 날

푸른 안경

스무 살에 일본에 와서
올해 일흔 둘이 될 때까지
그 동안 한 번도 고향인 한국에 가지 않았다
산과 들, 논
마음속에서 사라지지 않는다

가을에는
'저녁노을 고추잠자리*,'
동요를 부르며 밖으로 나가면
옆집 여자아이도
그 옆집 여자아이도
모두 나와서 그 노래를 불렀다

벼이삭 끝에 앉은
고추잠자리와 메뚜기들
잠자리의 눈은 크고 파랗다
안경을 쓴, 뱅글뱅글 도는 눈 같았지

한국에 남아있는 시골 풍경이

저녁노을 지는 하늘에 얼비친다

옮긴이 주

* 고추잠자리 : 일본어 동요 제목은 아카톤보(赤とんぼ). 시인 미키 로후(三木露風)가 작사하고
야마다 고사쿠(山田耕筰)가 작곡한 일본의 대표적인 동요. 저녁노을이 질 때 고추잠자리를 보
고 옛날의 그리운 추억을 떠올리는 향수 어린 가사가 특징.

내 손가락과 눈

나에게는 카세트 덮개를 열어
테이프를 넣을 손가락이 없다.
오래 전에는
나도 손가락이 있었지만
사, 오 년 전에
손가락이 없어졌다.
외과 의사에게 모두 맡겼다
눈도 이십오 년 전
수술로 떼어냈고
그 또한 의사 선생에게 모두 맡겼다.
내가 죽어
관에 들어가는 날
의사 선생이
'가야마 씨, 눈을 돌려드리겠습니다.
무엇이든 눈에 가득 담을 수 있지요······.'
외과 간호사는
'가야마 씨, 손가락을 돌려드릴게요.

무엇이든 자유롭게 쓰세요…….'
그렇게 말해주려나?
그렇게 말해주기를
나는
마음속으로 내내 빌고 있다.

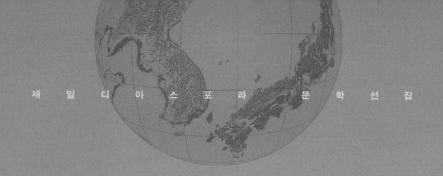

재일디아스포라문학선집

강순
姜舜

강순姜舜

1918년 경기도 강화 출생. 1936년 일본으로 건너감. 한국
어시집 『조선부락(部落)』, 『강순 시집』, 『강바람』. 일본어
시집 『되는대로』(1970년), 『단장(斷章)』(1986년). 번
역시집 『김지하 시집』, 신경림 시집 『농무』, 김수영 시집
『거대한 뿌리』, 신동엽 시집 『껍데기는 가라』, 조태일 시집
『국토』, 이성부 시집 『우리들의 양식』, 양성우 시집 『겨울
공화국』 등 다수. 1987년 작고.

서시序詩

우리들이 회천*하던 날
목 깊은 곳까지 축포가 울려 퍼지던 날
환희의 깃발이 바다를 이루던 날
하루하루가 우리들의 세상이 되던 날
그러나 그날부터 생업이 어긋나기 시작하던 날

원수처럼 서로 으르렁대며 비난하고
서로를 영광스러운 무대에서 끌어내리고
서로의 머리통에 권총을 쏘며
그리고 진실의 조준을 도려내어
그리하여 타국의 하늘로 변해버린
그리운 노래를 부르다 만 그 날이여
참혹한 기억이 쌓아올려진 그 날이여
형제끼리 서로 죽여야만 했던 그 날이여
판문점으로 향하는 행진이 해산당한 그 날이여
이제부터 서로 만남을 도모해야 하는 그 날이여

우선 관 속에서 되살아나

우리들의 좌표를 우리들의 힘으로 수립하고

결단을 내려야 할 것은 내리고

화목한 식탁에서 밝고 떠들썩한 소리가 나게 하며

진달래가 환하게 활짝 피어나게 해야 한다

옮긴이 주

*   회천(回天) : 천하 형세를 일변시키고 만회한다는 뜻.

꿈의 바늘

아내 방의 전등은 노랗고
어둠침침한 알전구
아내를 비추는 등은 작은 별이지만
음습한 그 지점에서 항상 늦게 꺼졌다

그 등이 켜 있는 한
내가 다다르는 곳은 이곳뿐이다
그러나 나는 그 등을 올려다볼 때면
보금자리로 돌아온 나 자신의 습성이 초라해진다

그 지붕 아래서 아내는
어린 가족들의 계절을 꿰매어 왔다
그 등불이 밤새 켜 있고
냄비의 고등어는 까맣게 타고 있었다
번하게 창이 밝아 올 무렵
아내는 눈을 뜬다 바늘을 쥔 채로
그 방의 전등이 꺼지면

아내의 하루는 눈이 핑핑 돌만큼 바쁘게 돌아간다

오랜 동안 아내는
내 물보라의 노래 속을 항해해 왔다
나의 거듭되는 좌절에도
아내의 간절함은 무너지지 않았다

아침에는 아이들의 방에서
조국의 노랫소리가 흐른다 우렛소리처럼
저녁에는 기타소리가 흐른다 새로운 곡
그 노래의 가사가 아내의 가슴에 내일을 불어 넣는다

아내 방에 불이 꺼지면
시든 노란색 수선화 같은 요즈음
그러나 그 방에서 신음소리는 나지 않는다
꿈의 바늘을 쥔 여인이 누워있는 까닭이다

상실

사람은 어리석게도

살아있는 동안은 주저하고

잃고 나서야 허둥댄다

사랑을 망설이면 삐걱거린다

뜨거운 눈물샘에 몸부림치고

결국 후회의 갈림길로 추락하여

하염없이 쓰러져 운다

바람이 소란스러운 들판에 잠시 홀로 멈춰 서면

스쳐 지나가는 사람이여

만약 그것이 확실한 진실이라면 속이지 말아라

죽음의 후미에*도 마다하지 말아라

비록 극한의 고통이 있을지라도

사람을 위해서라면 돌팔매를 맞고

매몰차게 마을에서 쫓겨나고

하늘에 울려 퍼지는 비웃음의 비안개일지라도

인간이여 그저

주춤거리며 큰 상실감에 떨어라

옮긴이 주

*   후미에(踏絵) : 에도(江戸) 시대에 그리스도교 신자를 색출하기 위하여 금속판에 그리스도·
    마리아 상 등을 새겨서 밟게 한 그림.

한글

열 개의 모음에

열 네 개의 얼굴을 가진 자음들

모음은 몸채에 계시는 어머니 되는 소리

저녁 마당에 뛰노는 자음들

자애로운 어머니가 부르는 소리에

왁자지껄하며 돌아오는 많은 형제들

모음은 대담한 간결함

자음은 발음을 나타내는 표음의 조형(造型)

한글의 글자는

다양한 석재처럼 조립된다

흡사 견고하고 유례없는 높은 건물 같다

모음은 어디까지나 직선적인 자질을 갖고

자음은 기하학적이며 자유자재의 사실(寫實)

단순하고 산뜻한 그 속을

모음은 제 스스로 자립하여

단독으로도 편안하게 소리를 낸다

그리고 어머니 되는 대지가 종자의 방문을 맞이하여

여러 신생아를 낳는 태반이다

자음은 모음에 뿌리내려

더욱 현격한 발전을 이루기 위해

일체화하여 아침까지 한결같이 결정(結晶)을 향해간다

넉넉하게 포옹을 한 후

모음은 제각기 소중한 자식을 수태하여

성모마리아처럼 동방의 마구간에서

환호의 첫울음소리를 낸 1443년!

언어가 오랫동안 바라마지않았던

빛나는 날에 비로소 모습을 나타낸 것이다

한글의 고유한 영광은 백성의 것

간소하고 정교하며 치밀함을 겸비한

세상의 언어 표기에 순정한 아름다움을 이룩했다

으뜸가는 자랑, 우리의 훈민정음이여!

그림으로도 음악적으로도

리드미컬하게 연주되는 구조적이고 절묘한 대조

우리들이 날마다 사용하는 말, 맛깔스런 깊은 기쁨이여

여신의 입술에 홀린 듯

바다를 넘을 때
하늘을 날아갈 때
가슴을 펴고 성대하고 찬란하게
노래 부르듯 이야기하고
써서 널리널리 전하라!

돌아갈 수 없는 길

희미한 바람 소식 하나에도

금세 마음이 거세게 일고

혈안이 되어 찾아다닌다

공허한 슬픔에 지쳤으련만

어째서 끊임없이 바다를 향해 물결치는 것인가

이리하여 삼십여 년

편도티켓을 단단히 마음에 품고

작별 인사도 끝냈건만

길 떠나는 아침은 아직 오지 않는다

맑은 날이 계속되면 사람들은 말한다

궂은 생리(生理)가 들러붙는다고

피의 소동은 뭉게뭉게 적란운

살랑거리는 소망의 조각에도 마음이 세차게 내달린다

서서히 다가오는 노추(老醜)와 함께

주둥이만 차츰 험상궂게 뾰족해지지만

우리는 술처럼 숙성되어

깨진 종을 두드려서 울리고 싶어 한다

빛나는 역사적 현실이라고
버젓이 기를 올려도
그것은 낡은 가죽부대의 알맹이
자아도취에서 회복할 징조는 보이지 않는다
밀려나온 운명에는
끼어들 반증의 여지가 없는 까닭이다
오로지 절대적인 굴복을 강요당해
표표히 바람이 건너는 이 가을 들판에
이제 벌레 울음소리조차 들리지 않는다

한 줄기 끈적끈적한 피의 길
한 가락 새벽의 노랫소리도
백지에 뚫린 절망적인 구멍처럼
작은 오열마저 헤적거린다
그리운 청잣빛 하늘이여
언제 돌아갈지 모르는 바다를 향해
오로지 창백한 조롱을 날린다

강정중
姜晶中

강정중姜晶中 [일본명 : 다케히사 마사오竹下昌夫]

1939년 전남 구례 출생. 가톨릭 의과대학과 고려대 영문학
과에서 수학. 1971년 일본으로 건너가, 도쿄에서 시인과
디자이너로 활동. 한국어시집『별자리』, 『까치밥』, 『씨알
의 소리』. 일본어 시집『바람의 노래』, 『달의 발』. 원효사상
에 심취하여『대승기신론원효소』를 번역했고, 『금강삼매
경론』, 원효 관련 단편논문 등을 발표. 일본어 번역서『한국
현대시집』, 김남조 시집『바람세례』, 조병화 시집『구름의
피리』. 한국어 번역서『일본 여성시인 대표시선』, 『전시기
일본정신사』 등 한일 간 번역서 다수. 1987년 '대한민국문
학상' 수상. 2001년 작고.

석불 속으로

이 들판을 들어가는 인물은
한두 사람
그냥 흔적만으로 두어라

붓끝도 무심중에 가듯이
하지만 엄하게 하여
구원의 테마로 그 형상들을 두어라

수풀 위에
먹물자국이 놓여 번지면
여기
풍화된 석불
한두 갠가
예부터 있었노라, 하여라

—정일한
삶에의 이 역습

가을 해그름이 내리는
스산한 그 석불들의 시야 속으로 멀리
혼잔가
둘이선가

붓끝으로 가듯이 벌써
사라지고 없노라, 하여라.

석불만 보았더라, 하여라.

우화처럼

손을 번쩍 쳐들자
어디선가
물총새 한 마리가
허공을 찢고 날아오른다

내 시선을 뿌리치고
소스라치게 강 건너 쪽으로 사라지는
야성의
고독한 금
한 줄

오늘 하루도 그냥 접어두면
이 종이처럼
무슨 표현인지 모르게
저절로
그런 금 같은 자국만으로 남겠지

여기까지 적어두고
손을 또 번쩍 쳐들어 본다
물 위로 떠가는 구름무늬를
이렇게 끌어 잡기라도 하듯이

무슨 우화처럼
눈부시게 하늘빛으로 천을 짜는
물결소리와
바위 그늘의
아늑하고 먼 정적 사이에 서서.

마지막 승차권을

길을 잘못 찾아들어
역은 이쪽으로—라는 화살표가 눈에 띄었을 때처럼

한발, 어느 길목인가를 꺾어들자
내 죽음처럼 또 다른 검은 표시가
한 줄 저쪽으로—

나 자신도 읽을 수 없는
그런 암호 같은 글자만을 따라서
이렇게 걸어온 성도 싶고

밤늦게 혼자서
묘한 안도감과 흥취에 젖어
은전 한닢으로
마지막 승차권을 사본 적도 있지 않는가

어디까지 가는지 이 전차는, 글쎄요

하여간 저쪽으로 가는 것으로

그런 마지막 승차권을—

그리고, 눈을 감고 흔들리고 있다가

새야 새야 파랑새야……

하고, 이런 노래를 불러본 적도 있는 않는가.

까치밥

갑자기 무언가 생각난 듯이 내리던 비가
공원의 수풀을 건너
저쪽 하늘로 사라진다

사라진 하늘에
높이 떠 있는
생명보험회사의 애드벌룬―무지갯빛이다
(헐값으로 팔리는 것은 미래만이 아니다)

비가 두고 간 생각 속에 앉아 있으니,
옆에 있던 노인이
이쁘장한 열매가―하고
말을 걸어온다

아, 저 빨간 열매? 저 열매를
한국 사람은 '까치밥'이라 부르지요

까치밥!
아름다운 이름이네요
그렇게 부르는 이들의 마음처럼, 까치밥……

(할머니들은
왜 이렇게 나이가 들면 조그맣게 줄어드는지)

빗방울이 까치밥 끝에 매달려 있다가
반짝이면서 떨어지는 것을 보고
조용히 미소를 짓고 있다

죽음도 아름다운 이름으로, 이렇게
불려져야 한다

슬픔도 반짝이면서, 이렇게
떨어져야 한다.

하늘의 실

벌레 울음소리가 뚝 멎습니다

어디선가
하늘의 실이 또 끊어진 것일까요

날개와 같이 그림자 하나가
책상 위에 머물러
손을 뻗치자
가냘프게 아직 떨고 있습니다

목숨은
하나씩
어디로 옮겨지는 것일까요

밤이
저 세상 쪽으로 기울어지면
어머니가 방안에 들어오셔서

잊어버린 것을 찾고 있는 모습이 보이곤 합니다만

내 목소리가 닿지 않습니다.

— 강정중 시 전문, 한국어로 쓴 시

재 일 디 아 스 포 라 문 학 선 집

김리자
キム·リジャ

김리자 キム・リジャ, 金利子

1951년 미에현(三重県) 출생. 1990년 『돌의 시』 시 모임에
참가하여, 16호에 시 「오후 11시 30분발」을 발표하며 문단
데뷔. 1993년 시집 『하얀 고무신』 출간. 1994년 '미에현
문학 신인상 시 부문' 수상. 1999년 시집 『불의 냄새』 출간.
2002년 소설 『머나먼 진달래』로 제17회 '욧카이치시(四日
市市)문예상' 수상. 2005년 제30회 '지큐(地球)상' 수상.

불 냄새

전철은 고가도로에 접어들면
언제나 속도를 늦춘다
때로는 정지신호에 맞춰
몇 분간 멈춰 설 때도 있다

높은 곳에서 내려다보이는 평소의 길거리는
갑자기 시야가 훤히 트이고
함석으로 둘러싸인 야적장에서
모닥불을 피우고 있는 노파가 눈에 들어온다

거기만이 자신의 영역이라고 내세우듯
폐품이나 못쓰게 된 타이어 틈새기에 종이박스를 깔고
온기라곤 느껴지지 않는 약한 불에
손을 쬐고 있다

전철이 고가도로를 다 건넜을 때
그 노파가 혹시

내 어머니가 아닐까 라고 생각한 것은
밖에서 돌아온 어머니와 스치면
때로는 부드러운
때로는 거친
불 냄새가 났기 때문이다

그것은
타국에서 사느라 끓어오른 울분을 불태운 날의
내게서 나는 냄새와도 같았다
태워도 태워도
다음 날에는 또 쌓여서
언젠가
그 속에 파묻혀버릴 것 같아서
견딜 만큼 견디다
아무도 몰래
불태우는 것이다

하얀 고무신

아버지의 고향에
북도 남도 없었던 시절을 난 모른다

내가 알고 있는
아버지의 고향은
항상 슬픈 노래를 부르고 있다

내가 본
아버지의 고향에는
납으로 된 문진(文鎭)이 타고 있다

내 고향을 찾아보려고
화려한 치마저고리를 입고
하얀 고무신을 신어본다
발에 익숙지 않은 고무신을
그래도
신어보려고 마음먹었을 때

영혼은 아버지의 고향을 바란다

세상 떠나는 날에
내가 그리워하는 고향은 어디일까

열여섯 살의 집게손가락

철이 들었을 무렵부터
익숙해지지 않는 습관이 몇 가지 있었다

일장기는
결코 스포츠 가게 같은데서
파는 물건이 아니라고 생각했다
민족의 증거로써
집집마다 대대로 정중히
이어져 내려온 것이라고 생각했다
음료수를 파는 친구 집의 음식은
거의 먹어본 적이 없었다

조금씩
무언가 틀리다는 것을 느끼면서
16세 여름의 한창 때에
그 차이를 알았다
알려주었다

부모님에게는 숨기고 물들인 집게손가락의

핑크색 손톱 끝에서

검은색 잉크가

몸속 섬모 속으로 스며드는 것 같았다

딱 한 번의 날인으로

평온이 얻어졌다

딱 한번으로 충분했다

집게손가락의 우울은 시작되었다

판문점에서

조용한 5월의 바람 속을
관광버스는 이어지고
긴장의 38선에 도착했다
높은 벽도 철책도 없고
한달음에 넘을 수 있을 듯한
긴장의 라인에
어린 풀로 덮인 언덕이 이어져있다
버스에서 내려 견학할 때는
사진을 많이 찍어도 상관없다는 안내여서
헌병 헬멧을 쓴 병사와 어깨동무를 하거나
브이 표시를 하면서
여기저기서 기념촬영이 시작되었다

관광코스를 따라
남북의 경계선을 망원경으로 바라보니
렌즈 속에 저 너머가 그대로 들어온다
북쪽의 선전마을이 늘어서있고

젊은 처자가

꽃다발을 안고 미소 짓는 간판을 보니

어딘가 길모퉁이

영화관 간판 같은 느낌이었다

버스에 오르기 전에 매점에서

'38선 물품'을

선물로 샀다

긴장의 라인에서

버스에 돌아와

생각난 듯

크게 한숨을 쉬었다

병사 전용의 버스정류소에서

긴 다리를 쭉 펴고 앉아있는

흑인병사의 고목과 같은 눈빛을 스치며

관광버스는 다음 목적지를 향해 출발했다

아이들 싸움

그것은 대개
사소한 일에서 시작된다
점점 물러날래야 물러날 수 없기에
상대를 때려눕힐 방법을
입 다물게 할 방법을
작은 머리를 돌려 찾는다

오늘 4학년 1반 교실에서
M美는 30년 전 어머니 시대로 돌아갔다
싸움의 상대가
승리를 잡기 위해 시끄럽게 떠들어대고 있다

"조센징! 조선으로 돌아가!"

M美는 고개를 들 수가 없다
30년 전 어머니가 그랬던 것처럼

교실의 출구가
이토록 멀다고 생각하지 못했다
바닥에 떨어지는 눈물 자국을
막 빨아 신은 깨끗한 실내화가 지워간다

개도 먹지 않는다는 부부싸움을
재판소가 먹게 되어
부모는 나오지 못할 아이들의 싸움이었지만
어머니는
무 썰던 칼을 내팽개치고
샌들을 꿰어 신고
앞치마를 벗어 던지고
학교를 향해 달려왔다

30년 전
누구에게도 털어놓지 못했던 기억이
팍팍 등을 떼민다

재 일 디 아 스 포 라   문 학 선 집

김수선
金水善

제주도 여자

38도선

꿈

김수선金水善

1939년 제주도 출생. 시집 『제주도 여자』(1995년). 『사아엔도』 동인.

제주도 여자

칠십을 넘은 고모는
지팡이에 의지해서 천천히 걸어간다
오른쪽으로 크게 구부러진 뚱뚱한
엉덩이를 흔들며
지금도 병원에 다닌다

이 허리는 말이지
4·3봉기* 때
한라산에 들어가 싸우던 오빠에게
먹을 것을 갖다 주다 들켜
고문으로 망가졌어

어머니인 제주도의 산
엷게 눈이 내린 한라산을
지금도
그 커다란 엉덩이가
아래에서 떠받치고 있다

저자 주
* 4·3봉기 : 1948년 4월 3일 이승만 정권의 단독선거에 반대하여 봉기한 제주도민의 무장 투쟁.

38도선

38도선은
복부의 암

38도선은
급성허리통증

38도선은
미국인이 불과 30분 만에 생각해냈다

38도선은
조선의 한 청년을 술을 끊게 만들었다

38도선은
벌레와 새와 꽃이 노래하는 천국

38도선은
취하면 취할수록 나오게 되는 말

38도선은
내 몸의 절반

또 다른 절반의 몸을 만나면
미친 듯이 끌어안고 놓지 않겠다

꿈

조국을 위해
건국을 위해
벽돌 하나
쌀알 한 톨이라도
이 손으로 만들겠다며
사회주의 낙원의 꿈을 향해
청년들이
동해를 건너갔다

대학원생인 사촌은 기술을 가지고
의과대학생인 친구는 졸업도 하지 않고
애인한테는 금방 뒤따라오라는 말을 남기고
마음이 바뀐 것도 모르고
친구는 직업이 없으니까 라며
고등학생은 친한 친구가 가니까 라며

울며불며 이불 한 채를 만들어준 어머니

아무 말도 하지 않는 아버지
따라오는 어린 동생에게 자전거 사서 보내 줄게 라며
이웃집이라도 가듯이

오색 테이프로 덮인 귀국선은
터질 것 같은 젊은이들의 정열을 태우고서

재 일 디 아 스 포 라 문 학 선 집

김시종
金時鐘

김시종金時鐘

1929년 함경남도 원산 출생. 재일교포 조선인 동인지『진
달래』,『가리온』창간. 1973년 효코현(兵庫縣) 현립 미나
토가와(湊川)고등학교에서 일본 최초로 공립고교의 조선
인 교사가 되어 정규과목으로서 조선어를 가르침. 시집『지
평선』(1955년),『일본 풍토기』(1957년),『장편시집 니가
타(新潟)』(1970년),『이카이노(猪飼野) 시집』(1978년),
『광주시편(光州詩片)』(1983년),『화석의 여름』(1988년).
1986년 평론집『'재일(在日)'의 틈새에서』로 제40회 '마
이니치(每日)출판문화상 본상', 1991년『집성(集成)시
집 들판의 시』로 제25회 '오쿠마 히데오(小熊秀雄)상 특별
상', 2011년 시집『잃어버린 계절』로 제41회 다카미 준상
(高見順賞), 2015년 산문집『조선과 일본에서 살다─제
주도에서 이카이노(猪飼野)로』로 '오사라기 지로상(大佛
次郎賞)' 수상.

자서 自序

자신 만의 아침을
너는 원해서는 안 된다.
밝은 곳이 있으면 그늘진 곳이 있다.
무너지지 않는 지구의 회전을
너는 믿기만 하면 된다.
태양은 네 발밑에서 떠오른다.
그것이 큰 곡선을 그리고
등과 배의 네 발밑으로 꺼져가는 것이다.
낯선 곳에 지평이 있는 것이 아니다.
네가 서 있는 그 지점이 지평이다.
바로 지평이다.
길게 그림자를 드리우고
기우는 석양을 향해 안녕, 이라고 말해야 한다

아주 새로운 밤이 기다리고 있다.

—시집 『지평선』 서(序)

유랑민 애기哀歌

―또는 '학대당한 자의 노래'

돼지우리 같은

오사카 한 모퉁이에서

 에이헤이요 라고

도라지 타령 한 구절이라도 부르면

시나브로 쿨렁쿨렁 눈물이 솟아오른다

잊지 못한다

그 노래를 좋아하시던 아버지

쓰레기를 줍고 고물을 찾으러 다니다

막걸리라도 한잔 마시면

아버지는 자주 이 도라지 노래를 불렀다

소리도 나지 않는 쓰레기통을

두드리며 노래 부르고 두드리며 울고

어린 내가 조르면

괜히 고함만 치시던 아버지

그것은 분명 외로움 탓이었으리라

도라지 도라지 하고 노래를 부르실까
아리랑 아리랑 하고 노래를 부르실까
탄광에서 죽은 아버지를 생각하며
감자처럼 타죽은 어머니를 생각하며
에이헤이요 라고 노래를 불러 볼까

오사카의 한 모퉁이에서
추방되기 전 가난한 내가
노래를 불러본다 소리쳐 불러본다
 아버지를 죽게 한 자 누구인가?
 어머니를 죽인 자 누구인가?

그 누구도 아니다 전쟁이다
그 전쟁의 한복판에 우리들을 보내겠다니
가난한 자들을, 실업자들을
평화를 외친다 날이 밝을 때까지
사십 년 동안 닳고 닳아 너덜너덜한 우리들을

기분도 울적하고 가슴도 쓰라리다
쌩하니 가을바람이 몸에 사무쳐온다

나라 생각도 격렬해진다
넋두리라도 한번 크게 외쳐보고 싶다
그런데 나는 누구이고 이 나라는 어디인가?

진지하게 아버지가 말했던 것처럼
아름다운 산일까? 아름다운 강일까?
진지하게 어머니가 말했던 것처럼
붉은 댕기머리 아가씨들일까?

그 산은 어느 것일까?
 그 강은 어느 것일까?
붉은 댕기머리 아가씨들은
 포동포동한 볼을 가진 아가씨들은
누구일까? 누구일까?

옛날이야기의 할아범도 죽었겠지
긴 담뱃대 자루가 타버렸고
담배통도 녹아버렸겠지

누가 세워야할 나라인가!
누가 남겨야할 나라란 말인가!

가을비 부슬부슬 내리는
 오사카 한 구석에서
목청껏 노래 부르면 미친 듯 부르면

신기하게도
가슴에 무언가가 확 치밀어 오른다

누가 가겠는가
 형제를 죽이러
누가 가겠는가
 육탄 차림으로
아버지 어머니의 뼈를 찾을 때까지 묘비가 세워질 때까지

돼지우리 같은
 오사카 한 구석에서
아리랑 아리랑 하고 노래 부르면, 노래 부르면
울컥 눈물이 솟는다
어디의 어느 놈이 우리들을 쫓아내는 것이냐

— 일본의 출입국관리령에 의한 강제송환에 항거하는 국제청소년의 날에 낭독한 시

화석의 여름

돌이라도 생각 속에서 꿈을 꾼다.

사실 내 가슴 속에는

터져서 사방으로 튄 그 여름의 울림이

운모 조각처럼 응어리져 있다.

돌이 된 의지가 꺾인 세월이다.

양치류가 음각을 새긴 것은

돌에 낀 고생대의 일이다

군사경계 같은 잘록한 지층에는

아직도 양치류가 태곳적 그대로 엉켜 있다.

꿈마저도 그 속에는

화석 속의 곤충처럼 잠들어 있다.

그 돌에도 바람은 불어가는 것이다.

그런 어느 날 그야말로 문득

탄화한 씨앗에서 싹튼 대귀연(大鬼蓮)*의 살랑거림이 되고

오래된 침묵을 물방울 소리 하나로 바꾸는 바람이 되는 것이다.

기울어진 계절은 그런 탓에

바람 속에서만 번져가는 것이다.

가장 멀리서 꼼짝 않고 서 있는 한 그루 나무에게
하루가 소리도 없이 꼬리를 끌며 사라진다.
새가 영원의 비상을 화석으로 바꾼 날도
그처럼 저물어서 휩싸인 것이다.
몇 만 날의 태양의 그늘에서
만날 수 없는 손(手)이 아쉬운 저녁 해를 사투리로 꾸미고
우물거리는 자의 등 뒤에서
바다는 하늘과 가만히 만난다
이미 멸입(滅入)의 때를 우리는 갖지 않았다.
일체의 반목이 불꽃이 되어 타오르고
연붉은색으로 엷어지는 어둠의 고요를 우리는 알지 못한다.
새까만 체념은 돌로 돌아가고
돌의 염원은
한 장 꽃잎처럼 박혀야만 한다
생각해보면 별이라고 한들 돌의 가상(假象)에 지나지 않는 것.
화구호(火口湖)처럼 내려간 하늘의 심연으로
혼자서 가만히 가슴의 운모를 묻으러 간다.

옮긴이 주

* 대귀연(大鬼蓮, 학명 Victoria amazonica) : 수련과의 식물로 아마존강 유역에 분포하는 세
  계 최대의 2m가 넘는 잎을 가진 수생식물. 잎의 뒷면이나 잎의 가장자리에 날카로운 가시가
  있어 물고기나 다른 생물에게 먹히지 않도록 방어하며, 환경에 따라 일년초도 되지만 조건이
  맞으면 다년초.

오사카 항구

내가 조선에 돌아가려면

산맥을 넘어야만 한다.

일본의 맨 뒤쪽 꼬리뼈부터

쥐죽은 듯 방출되어야만

돌아갈 수 있다.

향유고래*의

아가미라도 되는 것처럼

모두 다 마셔버린 오사카 항구가

배설만으로

내 귀국을 대신해 준다

이 무슨 일이란 말인가!

나는 이 항구에서

고향을 찾아간 사람을 모른다.

우선 이 항구의 속삭임을 모른다.

몇 십만 톤급 유조선이 선박 깊이 흡입 파이프를 꽂고

원유를 빨아들이는 탐욕스런 신음소리만을 알 뿐이다.

어쩔 도리 없이 위주머니 속에서

나는 생각한다.

실어증인 내가

언어를 되찾을 날에 대해서

아득히 멀리 쓰시마 난류를 지나가는 배가

오사카 항구와 콧등을 마주하는 날

내 일본과의 대화가 생겨날지도 모른다.

백년이 넘게 오래 갇혀있던 한 사내가

인간을 향해 열린 적이 있는

그 날의 항구를 위해

비로소 눈물 적시는 우정을 알지도 모른다.

옮긴이 주

* 향유고래 : 향유고래과의 포유류. 몸의 길이는 11~20미터, 몸무게는 20~27톤. 등 쪽은 검은 회색이고 배 쪽은 연한 붉은색으로, 머리 앞쪽 끝이 칼로 자른 것처럼 뭉툭하고 꼬리지느러미발이 크며 아래턱에만 50쌍 정도의 둥근 원뿔 모양의 이가 나 있음. 전 세계에 분포.

나쓰야마 나오미
夏山なお美

나쓰야마 나오미夏山なお美

1961년 야마구치현(山口縣) 출생. 시집 『프레파라트*의 고동(鼓動)』(1992년).

옮긴이 주
* 　프레파라트 : 현미경 관찰용의 표본. 두 장의 유리 사이 에 끼워 밀봉한 것.

당연한 기적

인생의 밑바닥에는
갖가지 돌이
구르고 있다

발목을 잡히거나
손목을 비틀리거나

우리들 인류가
태어나기 전에 탄생한
돌들에
의미를 부여하여
사람들은
'행복'의 열쇠를
찾으려 한다

돈을 모은다
건강해진다

연애운이 생긴다
돌들은
입을 다물고
그저
잠자코 있을 뿐이다

만져지고
손에 잡히고
목에 걸리거나
손목에 감기거나
지구의 한구석
깊은 곳에 잠들어 있었으나
채굴되어
햇살 아래
사명이 주어져

장부[*]를 잃어버린 별의 구체가
호흡을 할 때면
돌의 절규가
당신의 가슴께에서
들려온다

옮긴이 주
* 장부(枘) : 나무 끝을 구멍에 맞추어 박기 위해 깎아서 가늘게 만든 부분.

이름

윤회의 풍차가 돌고돌아 색의 이름을 세어

석가모니의 한 생 앞의 바람소리는 수메다*였던 것처럼

나오미(直美)의 앞은 무엇이었을까

그보다 내 이름

'直美'는 한글로 어떻게 쓸까

'直美'는 어떻게 발음할까

아버지도 어머니도 일본어 이름만 가지고 있는 건 왜일까

'曺'는 '소'라고 일본식으로밖에 말하지 못하고

'장미(薔薇)'는 일본어로만 '바라'라고 읽고, 영어 '로즈'라고는 읽지 않는다

아무리 주문을 걸어도 내 전두엽에서는 일본어의 오십음 발음밖에 나오지 않는다

일기는 일본어 '오야스미(잘 자)'로 덮고

편지는 일본어 '가시코(이만 실례하겠습니다)'로 끝낸다

새벽을 불 위에 화장시키는 이슬은 염주에 꿰어지지만

젖은 포의*는 지독한 설사처럼 떨어져 내려

혼연히 일본 땅에서 쇠약해져

얽히고설키며 내려온 족보에 온갖 더러움을 묻혀

소상*을 만드는

ABO형의 혈액 판정이 아니라

혈소판에서는 그 흐름을 막지 못한다

대지에 침전되어 찰싹찰싹 나를 꿰뚫는 그 상은

이름을 갖지 못한다

나그네의 빛으로 흩어졌다 박힌 머리카락의 가닥가닥은

집적해나가 체념의 층을 깊게 하고

그 층을 핥으면서

나 '소나오미(曹直美)'를 창공을 향해 짖어대게 하고

편도선이 부어 열이 오른 뺨이 불그레해서

수면에 비친 개를 규탄하는 빨간 개가 된다

이름과 성에 고집하는 의지만이 첨예하고

그 칼로 그림자 없는 메마른 태아를 새긴다

옮긴이 주

* 수메다 : 전생에 석가모니는 바라문의 청년 수메다 수행자였다고 함. 1~2세기 간다라불상이
   만들어진 간다라 지역에는 수메다(선혜선인)가 연등불로부터 수기를 받는 장면이 조각으로
   남아있음.
* 포의(胞衣) : 태아를 싸고 있는 막과 태반.
* 소상(塑像) : 찰흙으로 만든 사람의 형상. 중국 당나라 때는 불상의 소상이 유행했으나 지금은
   주로 조각·주물의 원형으로 쓰임.

아버지에서 딸로의 유출

아버지에게 프로는 없다
모두 첫 경험인 것이다
모두 처녀항해라서
두렵고 놀랍다

남자는 되도록이면 여자아이에게
전족*이 어울리도록
키워나간다
가능한 한 작고 좁고 하얗게 라는
남자들의 유구한 소망이 뒷받침되어
갈비뼈의 고원에 푹 파묻혀
꽉 껴안으면 응축하여
정수리에서 모든 모음이 벗겨져 내려
자음밖에 발음할 수 없도록
틀려도
언어의 실뜨기는 능숙해지지 않도록

남자는 딸의 가슴이 부풀어 오르는 것에서

어머니를

허리 주위에서

아내를

투영한다

그럼에도

성을 거절하는 보살을

딸아이의 살을 사용하여

계속 새겨나가는 것이다

딸은 아버지의 아내는 될 수 없다

하지만

어머니는 된다

연인도 된다

고환이 되어

아버지와 함께 걷는다

생식(生殖)의 뿌리에서

아버지를 꽉 끌어안는다

그렇게 인연의 이치(緣理)의 가지가 된다

그러므로

딸의 전족은 고환에 정비례한다

옮긴이 주
*   전족 : 옛날에 중국에서 어려서부터 여자의 발을 헝겊으로 감아 크지 못하도록 한 풍습.

재 일 디 아 스 포 라 　 문 학 선 집

나카무라 준
中村純

호적의 빈칸

코스모스

1975년 풀의 집

나카무라 준中村純

1970년 도쿄(東京) 출생. 게이오(慶應)대학 문학부 졸업.
교사. 외할아버지가 재일한국인. 2004년 시집『풀의 집』을
출간하여, 2005년 제14회 '시토시소(詩と思想) 신인상'과
'요코하마(橫浜)시인회상' 수상. 2010년『바다의 가족—나
카무라 준 시집』출간. 일본시인클럽, 요코하마시인회 회원.

호적의 빈칸

처음 호적을 본 스무 살 무렵

외할아버지 칸이 빈칸으로 남아 있는 의미를,

어머니의 형제 순서가 '차녀'가 아니고

'여자'라고 되어 있는 의미를 알지 못했다

외할아버지의 이름은 '고텐세이(高天正)'

어머니가 알려 주었다

한반도 사람의 이름을 일본어로 읽을 때는 음독(音讀)

'데테나시코, 아이노코, 조센징'*

어머니가 아이였을 때 귀 아프게 들었던 말

여자 혼자 제 맘대로 낳아 놓은 아이처럼

전에는 '사생아'라고 불리었던 생명

낳아서 공중에 떨어뜨려 놓은 것처럼

단지 '여자'라고 호적에 등록된 생명

실은 태어난 순서로서도 자유로운 존재이고

나중에는 '여자'에서도 자유로워져

바람도 빛도 될 수 있으리

호적 따위는 내버려두고

오늘부터는 절대 흔들리지 말아야지

고텐세이는 현해탄 해협을 건너

어머니의 생명을 거쳐 내게로 왔다

고텐세이의 호적 빈칸 너머로

현해탄의 빛을 잉태한 바다가 출렁인다

어둠이 수없이 반복되는 바다라고 생각했는데

처음 나를 맞이한 현해탄 너머에는

아침(朝)에 바다가 잔잔할 때면

선명한(鮮) 아침나라의 그림자마저 보일 듯했다

모양을 바꿔가며 줄곧 빛을 만들어내는 파도에 눈감으면

열여섯 살의 외할아버지가 아침나라에서 본

일본열도의 그림자가 내 눈에 얼비친다

'아이노코'라고 불린 어머니는

나에게 '준(純)'이라는 이름을 붙여 주었다

나는 이 이름에 이르기까지

실로

삼십 년이 넘는 세월이 필요했다

나는 '조센징'도

'제일교포'도

'일본인'도

'혼혈'도 아니다

그렇게 부르지 말아주기를

내 이름은 '준(純)' 하나뿐인 것을

일본이나 호적 따위로 정의할 수 없다

단지 자유로운 생명

생명에 등급을 두어 정의한다 해도

나는 그 정의에서

바람처럼 빠져나와 살아갈 것이다

나는 내 언어에서

내게 이어진 생명의 이야기를 엮고 있다

옮긴이 주

* 데테나시코, 아이노코, 조센징 : 데테나시코는 아버지 없는 자식, 또는 아버지가 불분명한 자
식. 아이노코는 혼혈아, 또는 다른 민족 사이에서 태어난 아이. 조센징은 한반도 출신을 경멸
하여 부르는 말. 일본 사회의 차별 용어들. 이 시인의 외할아버지는 재일교포라서 일본 국적이
없었으므로 일본여성 사이에서 낳은 자식들을 일본 호적에 올릴 수 없었음.

코스모스

가을 해가 서산으로 넘어가기 직전의 한껏 빛나는
어린 날의 가을, 데리러 오는 사람도 없었다
옅은 복숭아색 코스모스가 목을 빼고 흔들리고 있었다
혼자서 노는 가을날 해질 무렵의
조용한 마음의 고요한 깊이

젊은 아버지와 어머니가 잠자는 시간조차 아까워하며
자기 집을 갖겠다고 일해서 이사 온 곳은
잡초가 무성한 공터로 둘러싸인 땅
어머니는 꽃집에서 꽃을 사는 대신
코스모스를 꽃병에 꽂았고
작은 정원에 나무를 심는 대신
코스모스를 심었다
그 후 집도 작은 정원도 집 주변의 풀밭도
코스모스 천지가 되어 찰랑찰랑 흔들렸다

소형자동차 차창에서

이십 대의 아버지와 어머니와 어린 내가 본 것은
코스모스가 흔들리는 가을
석양과 함께 사라진 작은 바램
그리고 남동생이 태어났다

자갈길은 포장되고
공터에는 주택과 아파트가 늘어서고
코스모스는 모습을 감췄다
부모님의 집은 확장되어 견고하게 사람을 거부했다
서로의 무게로 휘어지고 가족은 공중으로 흩어져
나는 파편인 채로 살아왔다

석양을 즐기는 나 혼자만의 놀이, 그 석양에 찾아온 사람과
십년을 같이 살았다
그는 요코하마의 구릉지에 펼쳐진 코스모스를 바라보며
"가족을 만들자"고 말했다
코스모스가 찰랑찰랑 흔들리고 있었다

1975년 풀의 집

기억 속의 집은

풀꽃으로 가득했다

집 앞에 널따랗게 펼쳐진 풀밭

다섯 살이었던 내가 올려다 본 하늘은 멀고도 차가웠다

나는 풀에 안겨 흙 위에서 잠이 들었다

사락사락 풀을 헤치고 와서

코스모스 꽃 벽 사이로 나를 들여다보던 어머니

어머니는 나를 꽉 껴안은 코스모스를

큰 가위로 자르고

꽃 벽에서 태어난 나를, 내 손을 억지로 잡아끌었다

어머니가 잘라낸 코스모스는

싱크대의 수도꼭지 옆에서

황갈색 약병에 꽂혀

가만히 고개를 들었다

참억새에 안겨 잠들었을 때도 마찬가지였다

어머니는 나무를 자르는 커다란 가위를 가져와
참억새를 잘랐다
참억새는 깊게 색을 가라앉힌 푸른 항아리에 꽂혀
바람벽 앞으로 튀어나온 내민창의 창가에서 고개를 흔들었다

일이 바쁘니 넌 밖에서 있거라 라고 어머니는 말했고
그리하여 나는 항상 밖에서 기다렸다

들꽃의 바람막이 벽이 지켜주어
풀냄새에 젖어 잠이 들었다
친구가 돌아가도
코스모스의 꽃 벽에
박쥐가 하얀 알을 낳으러 와도

어머니는 그럴 때마다
큰 가위로 풀을 베어내고
풀의 태내에서 나온 내게 화를 내며
자신의 태내로 되돌리려 했다
그때마다 집 안을 들꽃으로 가득 채웠다

어머니는 풀! 풀! 하면
큰 가위를 들고 밖으로 나가

풀꽃을 꺾어왔다
꽃을 살 여유가 없었던 20대의 어머니

풀은 계속해서 무성하게 자라나
나와 어머니를 안아줄 풀은 줄어들지 않았다

아버지 사촌동생의 결혼식 날
친족의 단체사진에 들어갈 수 없었던 어머니는
내 손을 세게 잡아끌고
결혼식장 밖으로 나가 호텔 로비에 앉았다

참억새도 코스모스도 없고
어머니와 나를 아무 것도 가려주지 않아
눈부시게 밝은 샹들리에가
어머니의 굴욕을 송두리째 비추었다
어머니는 내 손을 놓지 않았다

굴욕을 감추고 슬픔을 분노와 존엄으로 바꾸어
다시 밖으로 달려 나갈 수 있도록
나와 어머니를 지켜준 코스모스의 꽃 벽
나와 어머니는 풀에서 태어나
호적이나 국가라든가 여자에서도 자유롭게 되어

손을 잡고 끝없이 달렸다

우리들 풀의 집은 무너지고
그 위로 고급아파트가 즐비하게 들어서서
우리들의 아픔도 슬픔도
깊은 물속에 가라앉아
가끔 만추의 햇살을 반사한다

풀의 집에서 예기치 않게 베이어
빠끔히 벌어진 상처는
나와 어머니가 간직한 그 집의 기억을
갈망하듯이 데려 온다

재 일 디 아 스 포 라 문 학 선 집

리케 미요코
李家美代子

8월이 끝나고 보니

그날로부터 50년이 지난 지금

리케 미요코 李家美代子

1926년 일본인 부모에게서 아이치현(愛知県)에서 태어남. 전후에 고향의 단카(短歌) 모임에서 만난 일본 국적 · 조선 호적의 지방공무원과 연애결혼. 1950년 5월 1일 혼인신고로 인해 일본 호적에서 제적(미군정 점령하의 일본은 독립한 한국 · 조선과는 국교가 없었으므로 일본 관청은 제적시켜 남편의 한국 호적지로 송부해버림). 다음해 장남을 출산했고 그 후 이혼했지만 국적법의 개정(1950년 7월)과 법무부 민사국장 통달(1952년 4월)에 의해 샌프란시스코 강화조약 발효와 함께 일방적으로 일본 국적을 박탈당함. 이후 일본 국적 복귀도, 새 호적의 편제도 해주지 않아 생활보호도 받지 못하고, 귀화 신청도 받아주지 않아 현재도 무국적 외국인으로 남아 있음.

8월이 끝나고 보니

태어난 나라의 태어난 집이 그대로 있네. 오래된 집. 개울 건너 오빠의 무덤이 보이네.

15년간 쉬지 않고 싸웠지만 패배했네. 이 나라는 나를 외국인으로 만들어버렸네.

패배한 보병은 늙은 몸으로 출전했으나 사각지대는 보이지 않고 머릿속이 터졌네.

풀이 깊고 꿈이 아득한 제주도에서 어머니를 현창하고자 재일교포 소설가 김석범이 책을 썼네.

만취하여 취기가 남았는데도 술을 또 마시고 대작 『화산도』를 3년에 걸쳐 완성했네.

선로를 따라 서행하듯 설치된 피해지역의 가설주택을 철거한다고 하네.

나가타구(長田区)*에는 가설주택조차 들어갈 수 없는 내 벗이 있네.

폭염이 계속될 때는 어찌 살까 걱정되네.

사이가와(犀川)강*을 건너면 들려오네. 나막신 신고 이케다시(池田市)*를 왕래했던 어릴 적 여름 날.

불어가는 바람이 차갑던 강가에는 노란 달맞이꽃이 흐드러지게 피어

있었네.

아즈미노(安曇野)[*] 분지의 가을은 빨리 오네. 무거운 벼이삭, 노랗게 물들어가는 고추냉이 밭을 따라서.

8월이 끝나 비가 서늘하네. 순서 맞춰 다음으로 넘어온 것에 마음이 향하네.

정원 한쪽에서 반하생(半夏生)[*]이 나올 무렵이면 바람 불어오고 하얗게 파도 일어 나를 흔드네.

접시꽃이 빗속에 고개 숙인 채 쓰러져 있네. 징검돌을 딛고 갔다가 돌만 내려다보며 돌아 나왔네.

다시 여름이 온다고 두려워하는 수국. 커다란 남빛 꽃송이에 이슬이 무겁게 얹히네.

쉬지 않고 쏟아지는 비에 자비를 구하며 하늘을 올려다보는 이, 지금도 천막에 사는 친구가 있네.

오쿠시리도(奧尻島) 재해[*]의 날에서 벌써 2년이 지났네. 텔레비전은 그 2년을 방송했네.

차꽃이 한창이던 시기가 지나 푸른 열매가 동그랗게 부풀어지고 생각은 끝이 없네.

지에코쇼(智惠子抄)[*]의 지에코를 사랑했던 그 사랑의 방식이 슬프게도 늙은 나를 매혹시키네.

지금도 가설주택에서 살아가는 사람들이 있음을 생각하면서 머위무침을 만드네.

'50년 전시회·기후(岐阜)'가 무사히 개막되었으나 기후현(岐阜県) 교육위원회만 후원을 최소했네.

전쟁의 범죄성을 추궁한다는 전시회의 기획 의도가 후원 기준에 위배
된다고 하네.

울금은 몸에 좋다며 나눠주기에 두 알을 흙속에 묻었는데 싹이 텄네.

옮긴이 주

* 나가타구(長田区) : 일본 효고현(兵庫県) 고베시(神戸市)에 있는 9개의 구 중 하나. 1995년 1
월 17일에 발생한 고베 대지진(＝한신 대진재)으로 큰 피해를 입은 지역.

* 사이가와(犀川) 강 : 나가노현(長野県)을 흐르는 일급 하천.

* 이케다시(池田市) : 오사카(大阪)에 있는 시. 효고현과 인접한 곳.

* 아즈미노(安曇野) : 나가노현 중부에 위치한 마쓰모토(松本) 분지 중 일부.

* 반하(半夏) : '반하(半夏)'가 나올 무렵을 의미하는 반하생(半夏生)이라고도 하며, 시기는 하지
에서 11일째 되는 날. 끼무릇의 뿌리. 독이 있으며 담, 구토, 습증, 기침 등에 약재로 쓰임.

* 오쿠시리도(奥尻島) 재해 : 오쿠시리도는 홋카이도(北海道)의 동쪽에 위치한 섬. 1993년 7월
13일 발생한 오쿠시리도 지진으로 202명이 사망, 28명이 실종.

* 지에코쇼(智恵子抄) : 일본시인 다카무라 코타로(高村光太郎)가 아내 지에코에 대한 지고지순
한 사랑을 쓴 시집.

그날로부터 50년이 지난 지금

그 집에는 동료가 4명이었다
그 외에도 취사·세탁·청소 등을 하는
여자들도 3명쯤 있었는데
그들은 자주 바뀌었다

필리핀에서 예전에 군대
위안부를 한 것 같은 K코 씨
그 여동생이며 나이가 한참 아래인 M짱
그리고 나를 불러준 S코 씨와 나
4명은 금방 사이가 좋아졌는데……

과거는 절대로 말하지 않도록
고용주가 엄하게 단속했기에
중요한 건 아무도 말하지 않았지만
대충 감으로 알고 있어서
확실하게 물어보지는 않았다

고용주는 군의 잔무 정리를 하고 있을 뿐이라고 했다
고용주는 나와 S코 씨의 옛 상관이기도 했다

어느 날 쌀이 들어왔다. 물론 암거래되는 쌀을 사온 게 틀림없었지만
주먹밥을 만들었다
세어보니 23개였다
김도 간장도 없었고 굽지도 않았지만
소금만 뿌린 뜨겁고 새하얀 주먹밥은
은색으로 빛이 났고 비싸게 팔려나갔다
손바닥이 뜨거운 데도 참으면서
우리 4명이 만들었다

두 달쯤 지난 어느 날
나는 해안가의 외길을 걷고 있었다
선로를 따라 바닷바람을 맞으며
끝없이 걸어가고 싶었다
어제 다 읽은 모파상의
『여자의 일생』이 뇌리에서 떠나지 않았고
이젠 집에는 돌아가고 싶지 않았다
해가 지자, 갈 곳이 없어서
나는 돌아갈 수밖에 없었다

박경미

박경미 ぱくきょんみ

1956년 도쿄 출생. 시집 『수프』(1980년), 『그 아이』(2003년). 번역서 『지구는 둥글다』, 『별 따위는 한 번 뛰면 도착한다』. 에세이 『정원의 주인, 떠오르는 영어 말』, 『언제나 새가 날고 있다』. 그림책 『레로레로 군』 등. 그밖에 한국 전통음악과 전통무용을 연구.

수프

눈물이 흐른다
어려운 질문을 던져보고 싶지만
혀보다도 우선 입술이 열리지 않는다
호된 일을 당했는가
어머니 병상을 지키며
밤새
잠을 이루지 못했는가
풀잎마다
차갑게 방울진 눈물
황폐한 뜰에
쪼그리고 앉아
아버지 오줌으로 자란
부추와 깻잎을 딴다

밥을 굶은 적은 없습니다
우리 집 부엌에서 끓여져
저녁상에 오르는 국은 숟가락으로 먹지요

참깨 색깔

살빛 내장

무엇보다도

조선의 수프는 맛이 있답니다

복도와 계단이 있는 집

들어줄 귀가 없는 목조주택

사람들의 고함소리를 믿는 집

절대로 음식을 남겨서는 안 되는 집

그리고

깨닫습니다

창백한 가스 불

미지근한 스프에 혀를 내밀어

아버지의 혈관

어머니의 아가미

동생의 눈썹

바다표범의 엉덩이

나

살

뼈

눈알

모두

삼켜버리면 된다는 것을

소금을 치고

짐승의 뚜껑을 열어

국 대접에

우리 집 수프를

담는다

치마저고리를

치맛자락이 팔락이고 있었다

(치마저고리 입은 사람이 있네)

사람들로 북적대는

신주쿠 지하도 먼지 이는 공간에

치마가 크게 숨을 들이쉬어 부풀어 있었다

아주 짧은 순간 나는 바라보았고

아주 오랜 시간처럼 나는 거기 서서

혼잡 속을

당당하게 지나가는

그녀의 옆모습을 오래 지켜보았다

짙은 감청색

치마저고리였다

하얀 동정이

목선을 곱게 살려주는

저고리 앞섶으로

치마가 호흡을 몰아

흔들리면서

설레게 하고

풀어지면서

쏟아져 나와서는

녹아내렸다

따스하게 아려오는 가슴

그리운 냄새 아름다움

나를 응시하는 눈길처럼

아주 짧은 순간에

아주 오래 함께였던 것처럼

그것이 나를 일깨웠다

나는 조선옷이라는 글자만 봐도 화가 났다

치마저고리가 아름답다는 일본사람들이 낯설었다

치마저고리 입은 내 할머니와 함께 다니고 싶지 않았다

아주 오랫동안은

짙은 감청색

치마저고리가

문득 재미있다는 듯 입을 연다

너는 언제나 나였어

어디 사는 아무개의 안부 7

—제주도 단상

바다 밑으로
가라앉고 있는 것은 내 몸이었다

그 다음은 모른다
알 수 없다

아무 것도 들리지 않는다
아무 것도 들을 수 없다

가라앉으며
가라앉고 있는 나를 내가 바라본다

물인지 해초인지 거품인지
내 귀를 살짝 스치고 지나가는 곳

아마도 하고픈 말이 거품이 되어

사려 깊게 아렴풋이 흔적을 남기고 있는지도 모르지

뽀글뽀글 뽀글
거품으로 일어나는
말
잔잔한
흔들림
과
떨림
과
아득함
과

저것 봐, 저렇게도 수면이 멀어
나를 가라앉히는 바다와
가족이 있는 하늘 사이가 저렇게나 아득해

팔을 뻗어 볼까
한 번만 더 양팔을
바다 밑에서
하늘을 향해

오후의 병실에는 부드러운 햇살이 가득 비쳐들고 있었다. 새하얀 빛
깔이 아닌 엷은 크림색 커튼이 햇살을 온화하게 굴절시키고 있는 것이리
라. 빛의 입자가 따스한 빛을 띠고 있다는 것이 조금은 위안이 되었다. 무
거운 걸음으로 이 방에 들어올 사람들의 납덩이같은 마음을 잠시나마 덜
어줄 수 있을 것 같아서. 표백제 냄새가 콧등을 스쳤다. 하얀 비품들이 희
다는 것을 제각기 뽐내고 있는 병실. 하얀 침대 위에 하얀 이불을 덮은 그
녀는 혼수상태다. 눈을 감은 그녀의 표정에 흰 머리칼이 오히려 풍요로
운 색조를 더해주고 있었다. 마른 풀잎 같다. 부드러우면서도 힘차게 물
결치던 긴 머리칼이 이제는 한 다발 마른 풀잎처럼 고요히 묶여 있다. 그
녀는 내 아버지의 큰 누님이다.

당신 속에
아련함으로 흐르는
아득함으로 사라지는
어머니의 옷
할머니의 옷
옷들이 겹쳐집니다

나 또한 하나의 매듭이지요
미세하게 꿈틀대는

동강난 옷들을 이빨로 찢어 그 조각을 씹으며 이어왔습니다
침의 미지근함과
옷감에 밴 젖냄새마저 사랑스러워질 때까지
씹고 또 씹었습니다

고모님이 가느스름하게 눈을 떴다. 언제나처럼, 아아, 또 졸았나 보다. 아아, 그래도 아직 저녁때는 아니고…… 아아, 또…… 아아, 아직…… 그렇게 익숙한 체념의 주름이 눈가에 잡히는가 싶더니 눈썹이 찡긋 움직인다. 누군가 있다는 것을 감지한 것이다. 우리가 몸을 돌리기도 전에 벌써. 이렇게도 변할 수 있나 싶을 정도로 고모님의 눈빛이 순식간에 변했다. 눈동자 저편에 깃든 강한 의지의 불꽃. 고모님의 불꽃은 아직 건재했다. 가슴을 뭉클하게 하면서도 한편으로는 내 시선을 얼어붙게 하는 무엇. 형님, 하고 부르며 하얀 침대로 엎어지듯 다가간 사람은 어머니였고, 선채로 우물거리듯 '고모' 하고 부른 사람은 나였다. 고개를 푹 숙인 채 울먹이는 어머니에게 가끔 차가운 눈길을 보내며 고모님의 변화를 한 순간도 놓치지 않을세라 지켜보면서도 나는 그 불꽃만큼은 외면하고 싶었다.

몇 분간이었지? 내가 마지막으로 잠수한 시간이.
몇 개 땄었지? 전복 따는 일만은 누구한테도 지지 않았거든
어디에서 어떻게 잘못된 걸까. 물속에 가라앉아버렸어
이것이 마지막
욕심을 너무 부렸나

내 마지막 이 순간도 어쩌면 운명인가

뽀글뽀글 뽀글

거품이 일어나는군

뽀글뽀글 뽀글

아직 살아있는 것 같아, 죽는 것도

뽀글뽀글 뽀글

뽀글뽀글 뽀글

내 아버지에게는 나이 차이가 많은 두 누나가 있었다. 큰 누나는 해방
후 피치 못할 이유로 일본에 왔으나 결국 편안하게 살지는 못했다. 만년
에는 병으로 쓰러져 입퇴원을 거듭하다가, 마지막 길만은 고향인 제주도
에서 떠나고 싶다는 소망대로 몇 년 전에 제주도로 돌아갔다. 둘째 고모
님은 평생을 제주도에서 지냈고, 지금도 그곳에서 인생의 말년을 보내고
있다.

피치 못할 이유로 일본에 왔던 고모님의 그 '피치 못할 이유'가 무엇
인지는 자세히 모른다. 고모님과 내 어머니와의 갈등이 몹시 심해서 양
손으로 양쪽 귀를 틀어막고 울던 어린 시절, 나는 그 무엇 때문에 뚜껑을
닫아버렸다. 그러나 그 뚜껑은 자주 누군가에 의해 열리곤 했다. 우리 집
과 고모님이 일체의 왕래가 끊어진 후에는 제사(재일교포, 특히 제주도 출신
들은 제사가 많다) 때마다 흘려듣는 고모님에 대한 소문은 언제나 마음을
무겁게 하는 것들이었다.

고모님에 대한 소문은 언제나 그녀의 과거사에 대한 것이었다.

혼인 후 사내아이를 낳았는데, 병약했던 남편이 그만 사망하고 말았다. 청상과부가 된 그녀는 젖먹이를 떼어놓고 행상인을 따라 도주했고, 젖먹이를 맡아 기르게 된 시집에서는 그녀를 용서하지 않았다. 유교적 질곡이 뿌리 깊은 공동체 속에서 용서받지 못할 과오를 저지른 그녀가 돌아갈 집은 없었다. 몇 년 후인지 몇 십 년 후에 친정어머니 장례식에 나타난 그녀에게, 그녀의 아버지(내게는 할아버지)는 돌로, 정말로 돌을 던져 그녀를 내쳤다고 한다.

고모님이 일본에 오게 된 것은 내 아버지가 있었기 때문일 것이다. 내 아버지는 서울에 있는 고려대학교 법학부에 합격했을 정도로 집안의 자랑스러운 수재였고, 해방 후에 그 학적증명서를 가지고(밀항이었지만) 일본의 대학에 편입, 성공적으로 사업(암시장에서 출발하여 찻집 경영을 하게 된 정도지만)도 하고 있었으니까. 실제로 아버지는 누나와 조카를 부양하다가, 누나와 아내의 갈등이 심해지자 연락을 끊고 살았던 것이다.

어른이 되면, 이런 이야기는 어느 집에나 있을 법한 가족사라는 것을 알기 때문에 객관적으로 바라볼 수 있으나, 어린 시절에는 경우에 따라 심한 상처로 남기도 한다. 내 경우는 고모님에 대한 주변의 경멸과 모욕이 마치 나를 향한 것처럼 느껴졌고, 그것이 스스로를 아웃사이더라 여기는 실마리가 되었다고 생각한다. 그 감정이 다감한 소녀시절에는 어머니에 대한 미움으로 표출되기도 했다. 지금은 그런 스스로를 냉정하게 되돌아보며 반성하지만, 당시의 내게는 그것이 최선의 자기표현이었던 것이다.

고모님이 우리 집 한 켠에서 생계 수단으로 신사복 수선을 하고 있던 시절, 아직도 선명하게 기억에 남는 장면이 있다. 그날도 고모님과 어머니가 한바탕 언쟁을 벌인 모양이었다. 고모님은 널브러진 천 조각 속에 앉아 바느질을 하면서 입으로는 저주의 말을 염불처럼 외고 있었다. 어린 나는 그저 바느질하는 것이 보기 좋아서 옆에 앉아 있다가 고모님 내부에서 활활 타오르는 불꽃같은 것이 느껴져 깜짝 놀라 비켜 앉았던 기억이 지금도 생생하다. 그때 고모님과 눈이 마주쳤을 텐데, 그 순간 이후의 기억은 까맣게 지워져버렸다. 지워버리지 않으면 살아가기 힘들었을 테니까.

이런 얘기 저런 사연들을 고모님은 고향하늘로 가져갔을까?

오래 전에 돌아가신 고모님의 어머니(내 할머니)는 전복 따는 해녀였다는데, 딸의 한 많은 사연을 바다 속에 묻을 준비는 해 두었을까?

— 박경미 시 전문, 윤영숙 옮김

재 일 디 아 스 포 라 문 학 선 집

송민호
宋敏鎬

송민호宋敏鎬

1963년 나고야(名古屋) 출생. 심장외과 의사. 1997년 시문
학지 『유리이카』 신예시인으로 등단. 시집 『브루클린』(1997
년), 『야콥슨의 유언』(1998년), 『팬터마임 호랑이』(2002
년), 『진심을 내미는 그 포장을 열어가는 곳』(2011년). 시집
『브루클린』으로 '나카하라 추야(中原中也)상' 수상.

브루클린

적갈색의 칙칙한 벽돌 건물 사이에서
얻어맞고도 침착한 태도의
아시아 사람이 내려서서
감색 융단에 하얀 벽
소중하게 껴안고
얼굴을 들여다본다
선물 받은 시계와 소리 없는 배후는
시차를 초월한다

대서양이 바라다 보이는
6층에서는
네이슨* 핫도그의 노란색 간판과
메츠의 시스타디움*의
주름투성이의 단정함이 흐릿해지고
전화가 울리기 시작한다
무기명의 부드러운 영어로
자신을 등록하기 시작하면

알맞게 구워진 베이글을 입에 밀어 넣으며
환경미화인의 파란 차만이 지나는 돌층계를
서두르는
B전철에서

유대인, 흑인, 히스패닉인과 지나치며
가볍게 고개 숙이는 인사는 불가능한 관례
타임즈 신문으로 손을 더럽히고
그 손으로 그들의 피부와 오장육부를 자른다
입에 다 들어가지 않는
샌드위치를 호주머니에 쑤셔 넣고
거울로 살며시 자신을 들여다본다
무표정한 기색과
불쾌한 듯한 발걸음으로
다시 복도를 걷기 시작해
샌드위치를 먹으며
결정된 영어를 휘감고
관심도 없는 시계를 바라본다
브루클린은 눈보라

궤도에 올라 펄펄 내리는 눈을 맞이하며
털모자를 써본다

창밖의 절대(絶對)는 높고도 낮다

모든 것을 다 묻어버릴 이 신성함과 야만의 외투를

해명해줄 뜨거운 커피를 홀짝거린다

산산조각이 난다

밀랍이 된다

마차에 타는 유열(愉悅)을

코니 섬의 유원지를 알 즈음

신호기에 매달린 브루클린에

흩뿌려진

베이글과 커피의 심각한 키스를

진하게 녹히고 굳혀서

다시

아시아 사람이 된다

옮긴이 주
* 　네이슨(Nathan's Famous) : 미국을 중심으로 핫도그 전문 패스트푸드 체인 사업을 하는 기업.
* 　시스타디움(Shea Stadium) : 미국 프로야구팀 뉴욕 메츠(New York Mets)의 홈구장으로
　 사용되었던 경기장. 2009년 2월 철거.

처우

왼쪽으로 도는 버릇이 있는 맹목적인 일본어에 충돌하지도 않은 채
로, 검은 머리로 계속 오인하여 적출되어서 바라보이는 노란색 피부의
펜은 털끝의 거드름에게서 혐오하는 청결한 짧은 복도를 청소하도록 지
시 받았다 작은 입자가 늘어선 피부의 불균등에 그렇지, 응, 그렇지만, 말
이야, 결국 칠해진 과장된 그래프 택시는 달린다 오른쪽 창에서는 썩어
지조 없는 사악한 마음이 내려쳐진 유사한 광경이 시시각각 개찰된다 브
루클린 뉴욕 아픔만이 추월당한다 확대경의 호주머니에서 울퉁불퉁한
모습 그대로 묘사된다 색채의 선택은 피부색 종류만큼은 다양하지 않아
투명하게 반영되지 않는다 세제의 난해함 수양버들 유령은 소화기를 날
카롭게 발사한다 빠른 말투로 두 다리를 소멸시키지는 못한다 급속한 엘
리베이터에서 겨냥도*를 뒤집어쓰고 웃음의 진화된 행진에 가슴을 펴도
의아한 방언에 수직으로 간판은 늘어선다 아름다운 감정의 근거를 공유
하지 않는다 그 다음의 아름다움과 유사한 것은 호출음을 필요로 한다
두 겹으로 된 장갑이 옳고 두 겹의 입술이 발칙한 것처럼 속도와 지리를
함수로 한 피부가 노란 펜은 깨끗하게 청소를 끝내지 않고 소속에 무관
심한 벌을 받으려 하고 있다

옮긴이 주
* 겨냥도 : 건물 따위의 모양이나 배치를 알기 쉽게 그린 그림.

야콥슨*의 유언

그건 아니라고 생각해

단식을 하는
동유럽의
신학교 교사 같은
완벽함이 어느 곳에서든
모순된
국기 안에서
실낱같은 낭독을 한다

그건 아니라고 생각해

일본어로 혹은 소곤소곤
농락당하지 않은 1998년의
102년 전과 16년 전
그곳에서
무슨 일이 일어났던 걸까

너무 좋게 알려져 있긴 하지만

그건 아니라고 생각해

자기 표출이라든가

평행성의 이론이라든가

낭독 그리고 소문의

이 높은 층계가 있는 레스토랑에서는

서로 닮은 터키어도 근친관계인 러시아어도

에워싼 행렬을 흩트리지 못한다

굽혔다 폈다 하는

보라색 고귀한 입술뿐

그것들을

흔적으로서 덧그릴 수 없다

늦게 도착한 자의

초초하고도 거만한 기분으로

일본 북을 아주 빠르게 두드리고 있다

문자의 두루마리를 달팽이처럼 읽어도

일본의 간호사는 신비스럽게 흰옷차림으로

나고야(名古屋)의 지하철은 나고야 사투리였다

정확한 일본어의 대표 같은

'이곳'은

'우리들'을 뜻하지만

그 설명을 가능하게 하는 귀는

지금 '여기'에서

그건 아니야

신어도 익숙해지지 않는

굽 낮은 구두를 신은 임산부의

태교에

딱이야.

옮긴이 주

* 야콥슨(Jakobson, Roman, 1896~1982) : 제정 러시아 출생의 미국 언어학자. 일반 음성
학, 일반 언어학, 슬라브 언어학, 시학, 언어 병리학 등의 분야에서 큰 업적을 남김. 저서에『실
어증과 언어학』, 『언어와 언어 과학』 등이 있음.

팬터마임 호랑이

종이호랑이가 이야기하는 팬터마임에

계단을 뛰어올라

흔들어본다

일본어 문자 히라가나를

각본이 훤히 들여다보이는 팬터마임은

신음하며 참고 있는

호랑이니까 모든 장면이 무섭지만

사랑을 하면 울 때도 있다

그 전달을 받고

흔들어본다

히라가나를

벵골 호랑이

조선 호랑이

시베리아 호랑이

호랑이의 위세를 등에 업은 히라가나는

수염에 미끄러져

어금니에 숨어
무늬에 큰 대자로
숨죽이고
나갈 차례를 기다린다

서커스도 아니고
동물원도 아니다
지참하고 있지 않다
높은 건물의 허기진 배를 비행기로 찔러 죽인
시베리아의 하늘에서
모래를 먹는다
벵골 산악에서
히라가나가
조미료처럼 흩뿌려진다
모래보다 맛있는
호랑이 고기를 먹지 않는 긍지
1인극

잠자코 관객으로 있으면 되는데
팬터마임은 침묵이 설탕인데
히라가나는 호랑이의 등에 올라타
속죄할 수 없는 연애 이야기에 채찍을 가한다

바보 이반

하얀 알갱이의 틈새에 들러붙는

호랑이의 귀이개

외출하기 전 타일 틈새를 씻어낸다

중앙분리대가 없는 거리에서

공연을 하고 돌아가는 길, 귀가길

'도라야'* 과자가게의 양갱에게 헌팅을 당해

팬터마임 호랑이는 조금 기뻤다

히라가나가 털구멍이라는 구멍에 정착하여

양갱으로 포장해서 히라가나를 떼어낼 것만 같아

'도라야'를 먹었다

히라가나가 화났다

저주했다

거짓이라도 좋으니 무너뜨려서

뽀뽀부터 시작해서

유폭(流瀑)을

올리고 내리는 막을 관장하는 일은 미국에 맡기고

거짓말이라도 좋으니

에스페란토*가 울려 퍼지도록

그 호랑이 코에

백 년 전부터 있던 팬터마임에

천 년 전부터 히라가나가 다리를 놓았다

호랑이의 귀에

긁힌 상처를 내는데 성공했다

방울도 없이

타액도 없이

탐욕스런 눈이 미쳐 날뛴다

한밤 중 드라이브의 헤드라이트

같은 유니클로[*]로 체온을 유지하는 호랑이

옮긴이 주

* 도라야(虎屋) : 일본 전통과자 브랜드로 양갱이 유명.
* 에스페란토(Esperanto)어 : 폴란드인 자멘호프(Zamenhof, Ludwik Lejzer, 1859~ 1917)가 1887년에 공표하여 사용하게 된 국제 보조어.
* 유니클로(Uniqlo) : 캐주얼 의류를 디자인, 제조, 유통하는 일본회사. 보온성이 뛰어난 히트 텍 내의가 인기 상품.

왕국

아홉 명이 둘러앉은 식탁에서

천문학과 또 다른 천문학, 물리학 그리고 컴퓨터가

지네의 서식지에 도전하는 상대는

한국 철학, 한국 국악과 신경내과

고개를 절레절레 흔들며 참고 견디라고 말하는 막내는 항상 각진 아

름다운 가모(加茂) 지방의 가지로 만든 절임음식 쪽이 훨씬 소중한 혼마

치(本町) 거리에서

아홉 명은 형제

아홉 명이 얼굴을 맞댄 오늘 이 날

막내는 당혹스러웠다

천문학의 수염이 나무에서 떨어지지 않는다 별자리가 사라졌다

물리학의 난제가 해결되었다

컴퓨터가 웃고 있다

무슨 일이 일어난 거야?

한국 철학이 물었다

이봐, 이치[理]와 기운[氣]은 그리 간단히

알 수 있는 게 아니야

국악은 말했다

모든 것은 음색의 겹핍에 있다

신경내과는 말했다

교토에 돌아가는데 시즈오카(靜岡)는 나고야에서는 반대 방면 증후군

입니다

용서해 주세요

막내는, 모서리의 막내는 생각했다

이 사람들을 이해할 수가 없다

'모르겠다'가 아니라 이해할 수가 없다

'바보 취급'이 아니라 매도한다

그런 딱딱한 언어의 식탁은

가끔

서울로 가서 노래를 부른다

네 명의 누이를 가졌다는 기적은 기적이 아니다

지네 서식지에서 일어나는 산란

아이를 낳고

은거하고 싶은 어머니를 여기저기 끌고 다니며

가와라마치(河原町)에서, 긴테츠*에서

세간살이의 나날을 넘어

천박하게만 보이는 나고야성 옆의 노가쿠도*에 모인

아이들

네 명의 누이는 모두

태평스럽게 "힘들겠네"라며 나고야를 즐기고 있지만

막내는 구석에서 항상 조용하고

조용하게 뱃살을 꼬집고는 아파서 복대를 감고

나야말로 여기 있어요, 라며 짐을 보낸다

어디로?

지금부터 싸우는 자들은 서울대나 도쿄대로

호랑이는 혼자 노벨상의 명문대

아홉 명의 식탁에 들어가지 못하는 나고야는

웃으며 모두 받아들이는 그날

한국은, 조선은 가을 버섯을 먹고 있다

나고야성에서

축하하는 소리 속에

막내는 투명하고 순백으로 아름답고

아홉 명은 꿈 속

서울의 포장마차는 바로 옆에 있다 그날

지네라고 하는 왕국에

팬터마임의 호랑이가 가세했다

옮긴이 주

* 긴테츠 : 긴키닛폰테쓰도(近畿日本鉄道)의 준말. 오사카(大阪), 나라(奈良), 교토(京都), 아이치(愛知), 미에(三重) 지방에 노선망을 가진 민영철도회사. JR(Japan Railway)을 제외하면 일본 철도 사업자 중 가장 긴 노선망을 구축.

* 노가쿠도(能楽堂) : 일본의 대표적인 가면극인 노(能)와 교겐(狂言)의 전용극장.

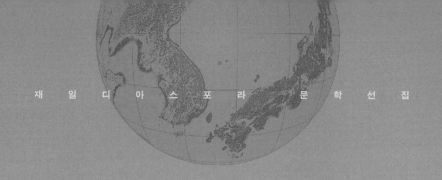

재 일 디 아 스 포 라 문 학 선 집

시마 히로미
嶋博美

시마 히로미嶋博美

1950년 사가현(佐賀県) 마다라시마(馬渡島) 섬 출생. 시집
『고구마술을 파는 엄마』(1985년), 『아버지의 나라, 어머니의
나라』(1988년), 『손님을 부르는 섬』(1994년), 『부표』(1998
년), 『화장(化粧)』(2002년), 『시마 히로미 시집』(2011년).

망향 II

　"히로……

　　엄마는

　　조국으로 돌아갔니

　　언제 돌아갔니

　　몹시도 돌아가고 싶어 했는데"

아버지는

그날 밤에도

돌아오지 않았다

가게젠*을 차려놓고

밤마다

꾸벅꾸벅 조는 엄마

술주정뱅이의

무기력함이 아니더라도

의지할 데 없는 신세는

기다릴 수밖에 없었으리라

그것은

마치 키를 잃고

물결 사이를 떠다니는

뱃사람과 다를 바 없는

불안한 나날들

그곳에 서서

애환을 쏟아내는 어머니

고향의 산하를 그려보며

고향을 그리워하는 마음은 더욱 간절해진다

— 돌아갔을까?

옮긴이 주

* 가게젠(陰膳) : 객지에 나간 사람의 무사함을 빌기 위해서 집에 있는 사람이 조석으로 차려 놓
  는 밥상.

어떤 슬픔

남동생의 결혼 이야기가 진척되어
우리는
신경 쓰고 싶지 않은
무거운 마음을 안고
그래도
이야기는 해야 하니
약속된 장소로 향했다
다들 아무 말이 없었다
심판을 받듯 불안했다

그것은
언제나 우리가 앞길을 가로막는
이방인의 자식이라는
딱지 때문이다

정원이 끝나는 데까지 따라 나와
우리를 배웅하던 이국의 여자인 어머니

어떤 소원을 빌며
오래 서 있었을까

우리의 발걸음은 더욱 무거워지고
또 하나의
불행한 별을 지고 살아가야만 하는
남동생의 모습이
어둠 속에서 달렸다

어둠에서 어둠으로
왜 그토록
언제나
우리는
내몰려야만 하나
남동생의 고개 숙인 모습에
어기찬 어머니의 눈에서
그날 밤도
한 방울 눈물이 맺혔다가
결국 펑펑 눈물을 쏟았으리라

물베개

그 무렵 어머니는
물베개에 고구마술을 담아
거리를
돌아다니며 팔았다

"아저씨 한번 마셔 봐요.
  내일 아이들 수학여행이라서
  하얀 쌀밥이라도 지어먹이고 싶어요."

그런 말을 수도 없이 반복하면서
고구마술을
팔러 다녔던 어머니

그렇게 번 돈으로
내 월사금을 내주고
읽기와 쓰기를 배운 나는
동생들과 벳탄*을 가지고 놀았다

한 아이의 부모가 된

나는

열이 나는 생후 5개월 된 아들의 머리를

물베개로 식히면서

조마조마하며

걱정하고 있다

오늘 밤은 아내도 없다

아이를 집에 남겨두고

밤에도 일해야만 하는 아내

밀조 술이라도 팔지 않으면

살아갈 수 없었던 내 어머니

아슬아슬하게 매달린 우리의 삶

가냘픈 아이의 한숨

메말라버린 우리의 마음은

지금 무엇에 기도해야 할까

옮긴이 주

* 벳탄 : 멘코(面子)의 오사카 사투리. 일본 전통놀이 중 하나로, 얼굴이 그려진 종이카드로 하는
  놀이.

엄마와 나

"너네 엄마
　좀 이상혀
　일본사람하고 다르쟤?"

처음 멘 책가방이
어깨에 죄어들 정도로 무거웠다
친구들이 당당하게
엄마에게 응석부리듯
그날부터
나도 응석부리고 싶었는데
거친데다 마디져 울퉁불퉁한 손바닥과
길게 늘어뜨리는 말투를 들을 때마다
나는 다른 사람에 숨어서 엄마에게 응석을 부렸다

할머니의 유품인 한복을 팔아
자식을 낳고 기른 내 어머니

"결혼식에는 안 가.
　네가 창피해 하니께."

지금
내 귓가에 되살아난다

나는 외친다 나 자신을 향해
조선인이라고 왜 말하지 못하는가
왜 숨겨야만 하는가
라고
삼십 년이라는 긴 세월

어머니가 나고 자란
조선의 땅을 나도 밟아보고 싶다
다시 한 번 어머니도 밟게 해드리고 싶다
하늘이 아름답다는 조선의 땅을

삼태기를 멘 섬

아지랑이가 피어오른다. 펄펄 끓어오르는 팔월이 채 굳지 못한 섬 언덕길, 그 아스팔트를 풀어지게 한다. 25년 만에 찾은 고향 섬. 파도소리에 안겨 갓 피어난 하얀 억새풀의 뜨거운 내음 속에 서 있는 묘한 안도감. 저 백단향 나무도 들판도 그날과 다름없이 아름답다.

이곳은 아버지와 어머니가 삼태기를 메고 자갈을 옮기던 섬 언덕길. 일용 노동자로서 몇백 번, 아니 몇천 번을 오르내렸던 섬 언덕길. 그때의 삶을 지탱해 준 섬 언덕길. 매년 장마가 질 때면 비바람에 휩쓸려 바위투성이로 변했던 섬 언덕길. 아버지는 취해서, 나는 울며 한숨을 쉬던 섬 언덕길. 노동자인 어머니의 괴로운 탄식, 그 땀이 배어있는 섬 언덕길.

무궁화네, 엄마 배꼽 튀어나왔대요. 바람이 흉본다. 벚꽃네 어머니 배꼽이다 라며 맞받아치고는 울며불며 목이 쉬어라 울다가 끝내 싸웠던 사람은 저예요 어머니. 고작 바람의 실없는 소리라며 벚꽃 엄마는 웃고 말았지만 나는 정말이지 그저 흘려들을 수만은 없었다. 무궁화의 유래를 알게 되었던 그 무렵.

아무리 그렇다 해도 나는 왜 그렇게까지 겁을 먹었을까. 마치 여우에 홀린 듯 사람들의 말과 시선을 의식하며 몸을 움츠리고 걸었던 섬 언덕길.

아버지를 기다리고 어머니를 기다리고 까무룩 두 사람을 기다리다 해가 꼴딱 서산으로 넘어갔던 섬 언덕길.

기도하고 노래하며 달렸다. 돌아보고 멈춰 서서 불안에 떨었다. 상수리나무가 울창하게 우거진 잡목림이 이어진 길. 떨어지는 낙엽, 또각또각 나 자신의 구두소리에 귀 기울이며 머리카락을 곤두세운 채 떨면서 혼자 집에 돌아갔던 길.

아지랑이가 피어오른다. 펄펄 끓어오르는 팔월이 채 굳지 못한 섬 언덕길, 그 아스팔트를 녹이고 있다.

그것은 지어낸 이야기일까. 여우가 사람을 홀린다며 상기된 얼굴로 들려주던 섬 노인의 이야기. 마을에서 떨어져 있는 오래된 백단향 나무에 여우 모자(母子)가 살았다던 그 이야기.

25년 만에 찾은 고향 섬은 눈이 휘둥그레질 정도로 활기차고, 삼태기를 멘 아버지와 어머니의 모습은 이제 어디에도 없었다. 나는 조금 안심이 되었다. 그리고 끝없이 눈물이 흘러내렸다.

작은 돌 1

날아오는 돌멩이가 무서운 것은 아니다
날아오는 돌멩이 숫자만큼
일그러지는
마음에
나는 채찍을 치켜든다

날아온 돌멩이가 말로 변했다
그때
몸에서 피는 나지 않았지만
눈물이 넘쳐흘러
마음을 적셨다

눈물이 마르고
마음은 방황하고
말의 가시에 상처받고 아파하면서
올려다본 별의 반짝임

지금은 돌멩이도
그리고 말도
날아오지 않는다
정면에서는
그것이 오히려 나를
불안하게 한다

두 민족 사이에서
갈증을 느끼는 것은 내 마음 탓일까……
돌은 아무런 응답도 해주지 않는다

당신이 내민 손에
가만히
내 손을 포갠다

재 일 디 아 스 포 라 문 학 선 집

신유인
申有人

고향을 그리워하다

가면

손가락이 짧은 어머니

신유인申有人

1914년 전라남도 곡성군 출생. 1920년에 일본으로 건너감.
1978년부터 시문학지 『코스모스』 동인으로 활동. 1995년
사후에 시집 『낭림기(狼林記)』 출간. 1994년 작고.

고향을 그리워하다

나는 일본에서 태어난 조선의 아이로
아직 내 '고향'을 모르는
절반은 일본사람입니다.
'올바른 조선인'으로 살아가기 위해
내 '고향'을 찾아
어머니의 말, 아버지의 역사를
우리 학교에서 배우는 것이
일본의 아버지 어머니
어째서 안 된다는 겁니까?
삼십사 년간 눈과 바람에 파손된 학교는
학생이 오십 명에서 오백 명으로 늘어나
당장이라도 무너질 것 같다는데
어째서 우리 학교를
'가까이에 지으면 안 된다'는 겁니까?

새로운 학교를 짓기 위해
아버지는 즐기던 술을 줄이고

어머니는 반찬값을 아끼고

나는 용돈을 모아

십년—

가까스로—

도쿄의 고다이라(小平)라는

아름다운 자연 속에 부지를 마련했습니다

아, 그 순간

부풀어 오른 꿈은 폭발하여

진흙투성이 운동장도

지붕이 새는 곳에 받쳐놓은 물통도

기울어진 유리창도

한순간에 날아올라

교실 전체가 어깨춤을 추며

새하얀 학교를 향해 행진하기 시작하고

보이지 않는 아버지 어머니의 고향이

자장가가 되어 숲속을 흐르고

푸른 하늘에서 춤추는 그네는 태양을 차버리고

빛이 수영장에 넘쳐흐르고

뭉게구름이 산산이 부서져 울려 퍼지는데

일본의 아버지 어머니

어째서 우리들이 당신들 곁

'가까이에 지어지면 안 된다'는 겁니까?

가르쳐 주십시오

내가 왜 일본에서 태어났어야만 했는지

그 이유를

전에 내가 당신 마당에 핀 꽃을 꺾은 적이 있었는지

그 역사를

나는 일본에서 태어난 조선의 아이입니다

나를 낳아준 산하에 내리쬐는

빛을 막지 마십시오

아무도 눈치 채지 못한

두 '고향'에 걸린

은밀한 나의 무지개가

언제까지나

언제까지나

사라지지 않도록

가면

지치부산지[*] 봉우리들의 능선을 따라

오쿠타마[*]의 계곡을 씻고 내려가

무사시노[*]를 가로질러 흐르는

다마강[*]이

내 마음을 흐르기 시작한 지 오래다

바짝 마른 겨울의 강바닥은

곳곳에 말라버린 갈대의 군락이

불어 닥치는 찬바람에 휩쓸려

몸을 맞대어 비명을 지르고

가느다란 물줄기는

구불거리는 파충류를 떠올리게 하고

미끈거리는 그 하얀 비늘은 반짝반짝 빛이 나며

구름을 타고

하늘을 떠돌아

'빼앗긴 들에도 봄은 오는가'처럼

'빼앗긴 인간'에게도

피처럼 선연한 꽃이 피는 날이 기다려지는 나라.

백두산 정상의 물은

압록강 두만강의 원류가 되어

조선반도를 낳고

금수강산을 수놓아

민족의 원류들은

이 강에 마음을 내려놓고

그 혈통을 파종하면서

유구한 세월을 흘러간다.

'빼앗긴 인간'이

'빼앗은 인간'으로 변신하여

비로소 자신의 고국을 찾는

이국인의 희극을

환도*의 사람들은 아무도 눈치 채지 못했지만

그 여인은 어째서인지 알고 있었다.

일그러진 나의

일본인의 가면을 벗고

달콤한 입술을 내 입술에 포개어

내 일본어를 막아

나의 '인간'을 되살아나게 해준 여인.

퉁구스족*의 후예는

불을 찾아 하늘을 비상한다.

이끌리듯 서로를 찾는

두 영혼은

얼어붙은 환도의 밤을 불태우고

괴로워하며 용솟음치는 두 불꽃은

하나가 되어 다 타버린다.

해지는 저녁

다마강의 물결은

자욱해지는 저녁 안개로

엷은 화장을 하고

한 장의 판화로 새겨진다.

저자 주

* 환도(丸都) : 고대 조선의 고구려왕조(204~427년). 압록강 중류에 위치. 현재의 중국 지안
(輯安). 조선불교의 발상지이며 그 주변에는 광개토대왕비, 벽화, 고분 등 수많은 고구려 문화
유적이 있음.

옮긴이 주

* 지치부산지(秩父山地) : 일본 간토(関東) 지방과 주부(中部) 지방에 걸쳐 넓게 펼쳐진 산지.
* 오쿠타마(奧多摩) : 도쿄도(東京都) 서부의 산악지대를 이르는 말.
* 무사시노(武蔵野) : 간토 지방에 속한 지역.
* 다마가와(多摩川)강 : 야마나시현(山梨県)·도쿄도(東京都)·가나가와현(神奈川県)을 흐르는
일급수 하천.
* 퉁구스족(Tungus族) : 동부 시베리아, 중국 등지에 분포하는 몽골계의 종족. 신장은 크지 않
고 광대뼈가 나왔으며 눈과 모발은 검거나 암색이며 피부는 황색. 대부분 수렵과 유목, 농경에
종사하고, 알타이어족에 속하는 퉁구스어를 사용.

손가락이 짧은 어머니

어머니여
당신이 귀국선*을 타고
니가타*에서 북으로 출발한
그날의 일이
마치 어제 일처럼 떠오릅니다.
길었던 당신의 '자이니치(在日)'*와
함께.

어머니여
나는
눈이 흐릿한 요즘
지금 겨우 어머니의 모습이
확실하게 보입니다.
'자이니치'의 페이지가 역행할 만큼
또렷하게.

어머니여

나는

철저히 당신에게 반항하려

'자이니치'를 새겼습니다.

내 고향에서 쫓겨나

이 이국땅에서 고통 받는 것도

어머니가 치마저고리를 손에서 놓지 않는

'옛 조선' 때문에

단층은 커져서

결국 모자 사이를 갈라놓았고

절벽에 서서 '눈물'짓는

어머니는 보이지 않습니다.

　어머니여

가냘픈 당신의 몸에는

세 아들과 어린 두 딸이

매달려 있어

항상 배를 곯았습니다

언제나 아이들을 먼저 먹이느라

당신의 밥은 남아있지 않았습니다.

그것을 바라보며

어머니 당신이 먹는 것 보다

가슴 뿌듯해하고 흡족해하셨습니다.

그

아들과 딸들을

나를 제외하고는

모두 타향살이에서

잃었습니다.

　어머니여

당신은 늘 숨겨왔지만

당신 왼손의 약지가

일 센티미터 정도 짧다는 사실을

나는 알고 있습니다.

그것은 어머니가 자식들에게 바친

숭고한 사랑의 증거였습니다.

장녀를 잃고 얼마 지나지 않아

다시 막내딸 옥남이가

결핵으로 죽음의 문턱에서 사경을 헤맬 때

어떻게든 살려내려고 어머니 당신은

떨면서 부엌에서 나와

죽은 옥남이의 입술에

자신의 약지를 물렸던 것입니다.

인간이 숨을 거두는 순간

인간의 생피를 먹이면

살아날 수도 있다는
조선의 민간에 전해 내려오는 이야기에
한 줄기 희망을 건
어머니.

　어머니여
　마지막으로
내가 저지른 가장 무거운 죄
배신한 죄를 고백합니다.
형제 중에
늘 당신에게 반항하고
항상 당신을 눈물짓게 한
나를 믿어 주시고
어머니의 한없는 애정으로 감싸주신
그 이유는 무엇이었는지요?
당신 가슴에 품은
'자이니치'의 유일한 꿈을
나는 속으로 알고 있었습니다.
당신의 장남에게
아름다운 조선의 딸을
그 귀여운 손자의 웃음을 기대하며
가슴 부풀었던

어머니여.

나는 당신이 가장 혐오하는

일본여자와 가정을 꾸렸습니다.

그 일본여자와 처음 만났을 때의

어머니 당신의 얼굴을 아직도 잊지 못합니다.

당신의 아름다운 꿈이

내 흙발로 짓밟혀

소리를 내며 무너져가는

긴 침묵 속에서

소리 없는 오열이

들렸습니다.

　어머니여

인간이 역사를 가진 이래

당신들의 눈물이

바다를 이루고

그 바다의 깊은 사랑으로

오늘까지

지구가 살아있다는 사실을

나는

지금 배웠습니다.

저자 주

* 귀국선 : 1959년 8월 조선과 일본 양국의 적십자사에서 조인된 '재일조선인 귀환 협정'에 따른 귀국선. 이에 의해 9만 3천명의 조선인이 조선민주주의인민공화국으로 귀국.

옮긴이 주

* 니가타(新潟) : 일본 혼슈(本州)의 중북부에 위치한 지역.
* 자이니치(在日) : 일본에 사는 한국인과 북한인을 뜻하는 일본어.

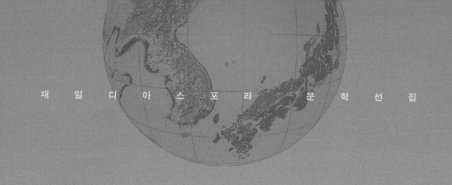

재 일 디 아 스 포 라 문 학 선 집

신종생

辛鐘生

신종생辛鐘生

1950년 오카아마현(岡山県) 출생. 시집『반 쪽발이의 노래』(1976),
『기민(棄民)』(1981).

반쪽발이의 노래

그때로부터 시간은 오고 시간은 가고
아이의 마음에 새겨진 굴욕과 혐오가 뒤섞이어 겹겹의 연륜을 그린다
마음의 상처에도 드디어 딱지가 앉은 것 같은데……
어쨌든 고약해 고약해
속보이는 위선자들과 일본인의 입 냄새나 체취에 탐닉했던 시간 너머
로부터
나는 조센징 냄새가 나는 나의 체취를 줄곧 신경 쓰며 살아왔지
이봐, 냄새 나?

아버지는 반공 선전에 떨었고
남쪽 고향으로 돌아가도 먹고 살길이 막막하니
형은 무작정 일만 했다
돈만 있으면 됐지……

그래도 그들의 눈이나 입가가
언제나 신경 쓰이는 나

자유 평등 자기선전

그것은 교사의 특권이기에

알맹이 빠진 조건부 단어에

고개 끄덕이는 건 내가 아니다

그렇다, 그래서 나는 항상

단 한 명의 조연

하지만 그런 나도 사랑을 하고

사랑하는 그녀를 떠올릴 때마다

나와 그녀와 이 나라와……

제기랄! 증오와 사랑이 갈등한다

이 미련 많은 고뇌로부터

벗어날 수 없는 내가 있다

아아, 눈물의 후렴구, 땅의 절규

짜디짠 선조의 지하수여!

그때의

총화가 울리기 전의 울음소리를

언제나 덮어버리던

총화 이후의 웃음소리가 지금도 들려오기에

비웃음을 당하는 자는 내가 아니다
고향에서 멀리 떠나
무의미한 살육과 죽음의 공포에 전율하던 날들을
유행하던 군가(軍歌)로밖에
발견하지 못하는 놈들

이런 식으로 그들을 비웃는 나도
사실은 비웃음 당해야할 인간

김치가 좋아지지 않는 나여서
그들의 똥오줌으로 자란 풀을 먹고는
병든 개처럼
몇 번이고 몇 번이고
설사를 했다

이봐, 냄새 나?

상실

가령 천 개의 형상을 갖는다 해도
나는 내가 되지 못하리

백일의 망양(茫洋) 속에서도
나는 완강하게 경계하고 있다

시간은 미래를 향해 동결한다
나는 빛의 한가운데서도 집요하게 어둠의 비참함을 탐지해내고
발걸음은 전진한다

일찍이 내 모형정원에는 풀이 자라있었다
풀은 사계절동안 변화를 거치면서도
항상 초록을 주장하므로 영원하다

타향이란 무엇인가
조국이란……

아버지의 죽음 곁에서
그의 목 아래에서 뽑아냈던 머리카락 한 올은 지금도 내 손에 있다
세게 움켜쥐면
초록색 피가 뚝뚝 떨어진다

나는 초록의 대지에 엎드려 누워
손톱 밑을 태운다

어머니였다면 신세타령 노래를 불렀을까
모든 것은 이미 옛날 일일까

비참한 어둠이 스친다
나는 경계한다

갑작스레
아내의 웃는 얼굴이다

내 영혼은 단절되고
거듭 거짓 웃음을 웃는다

기민*

꿈에서 본 것보다
실은 더욱 가까이에서
당신을 느끼고 있다

지명이나
신사 불탑의 의미보다 오래된
당신은 내 핏속에서 머문다
그곳에는 신화는 없지만
그 이름 그대로
나는 당신의 자식이다

바람의 균열이여

비유는 존재보다 무겁고
죄 없는 풍문의 바람 따라
하나의 암호처럼
나는

당신도 나도 아니다

가정(仮定)을 산다

그것은 의지이며

내가 할 수 있는

단 하나의 성의이다

그 성의에는 몇 군데 뚫린 구멍이 있어

변명의 화톳불 속에서

나는 구축되어야한다

대폭적으로 구축되며

그 비유의 존재를 반복한다

결코 환상이라고는 말하지 마라

일컬어지지 않는 사람이 존재하지 않듯

기민이란

하나의 가정(仮定)이자

또한 진실이므로

옮긴이 주

* 　기민(棄民) : 자국 정부로부터 버림받은 국민을 뜻함. 여기서는 일제강점기 불가항력으로 일
　　본에 체제하게 되었거나 1950년대부터 1984년까지 진행되었던 귀환사업에서 한국정부의
　　반대에 부딪혀 고국에 돌아가지 못한 재일조선인 등을 일컫는 말.

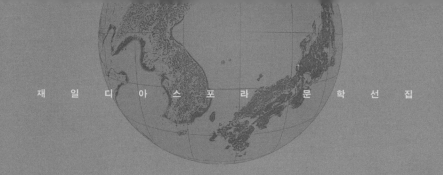

재 일 디 아 스 포 라 문 학 선 집

아라이 도요키치
新井豊吉

아라이 도요키치新井豊吉

1955년 아오모리현(青森県)출생. 현재 후쿠이(福井)대학 대학원 교육학연구과 교수. 시집 1994년 『겨울 소년』, 2000년 『대구에』(제34회 오구마 히데오(小熊秀雄) 상 후보작), 2006년 『골목길의 마리아』(제57회 H씨 상 후보작). 2016년 시 작품 「갓난아기」로 제1회 '조류시파(潮流詩派) 연간 최우수 작품상' 수상.

어머니였던 당신에게

만개한 당신은 일부러 우리 집에서 피었다
예상했던 대로 3개월 만에 시들어버렸지만
몇 년에 한 번씩은 내 안에서 꽃을 피운다
한 숨을 쉬면서
생면부지였던 아들에게 도움을 구하지만
시들어가는 모습을 그저 지켜볼 수밖에 없었다
"네 아버지는 더 이상 나를 안아주지 않아"라고
중얼거리는 당신을 그냥 모른 척 하고 싶지는 않았다
어머니였던 당신의 이름조차 기억나지 않는다
바람에 실려 고향의 병실에
시든 채 누워있다고 들었다
당신은 어떤 향기를 지니고 있었을까

사건

순수했던 시절에 손가락에 잉크를 묻혀
확실히 하라고 몇 번이나 몇 번이나 강요를 당하고
바닥을 나뒹군 적이 있다
서류 지면에 나타난 복잡한 나
일이 한가했던 할아버지는 공무원
웃는 얼굴이지만 괜한 힘을 쏟아
빈틈없이 일을 한다
너희들은 지금 무슨 일을 해야 할지 잘 모르니
더 늦기 전에 사슬을 달자
뼈에 금이 갔지만
치료를 받지 않고 버티다
끔찍하게 악화되었다
어른이 된 후 수술을 받고
선거권을 얻었지만 성공적이었는지는 모르겠다
가장 안 좋은 케이스입니다 안이한 길을 택했으니
어쩔 수 없군요
일단 당신은 당신이니까

이런 진단서를 받는 데 십 년이나 걸렸다

진료 기록이 제○○호 사건이라는 파일에

보관되어 있던 것만은 의외였다

아버지가 부친 편지

20년도 더 지난 옛날에 받은
편지
유품이 적다고 투덜대며
잊은 척했다
당신은 답장이 필요했겠지요

'외국인으로서 사는 일이
얼마나 힘든지'
알고 있습니다
귀화한 저를 용서해 주시겠습니까?
"한국인으로서의 긍지를 가져라"
의외였습니다 나는 긍지를 가질만한
환경이 아니었으니까요
"고등학교는 꼭 졸업해야 한다"
당신에게는 사생활이 없고
나는 급식비도 내지 못했다
"돌아오너라"

나는 당신을 믿지 않았다

당신과 있으면 불행해진다는 사실을

어렸던 나는 확신하고 있었다

"너를 사랑한다"

나도 그랬다

그래서 가슴이 무너져 내릴 것 같아서

봉투를 뜯지 못했다

하지만 아버지

지금은 당신의 거짓말도, 제멋대로 구는 행동도

문자 안에서 춤추고 있습니다

편지 감사합니다

대구에

초등학교 시절 일 년에 한 번 열리는 기지(基地) 축제에서 파는

핫도그를 정말 좋아했다

김치를 맛있게 담그는 법을 스크랩했던 것은

직장을 다니고 나서다

술에 취하지 않고도 당신은

어른이 되면 한국에서 며느리를 얻을 거라고

말버릇처럼 되뇌었다

2반이었던 구미코(久美子)의 얼굴이 떠올라

기분이 가라앉았다

일본인으로 살았으므로

야간 조선어학급은 3일 만에 그만뒀다

주문처럼 중얼거렸던

아버지 안녕히 주무세요

그 의미는 정확히 모른다

그 말을 하면 아버지는 술을 그만 마시고

주무신다고 알려주었던 두 번째 어머니

건달 소설을 동경하여

고교시절에는 단편소설을 쓰기도 했지만

아직도 한글은 읽지 못한다

처음 가진 외국인등록증 수첩은

스파이 영화의 주인공 같아서

다른 사람에게 보여서는 안 된다고 생각했다

일본육성회의 장학금을 받지 못했다

성적보다 국적이 문제였다

참석할 생각이 없었던 성인식이었지만

초대장조차 오지 않았다

마을 사진관에서 정장을 입고

몸을 한껏 뒤로 젖히고 찍은 웃음 나는 사진

선거는 하고 싶었지만

투표권을 받지 못했다

관공서에서만 사용하는 '박'이라는 성에 나는 익숙하지 않았다

대학교에서 일본에 사는 외국인들을 위해

지문등록 반대운동을 하는 일본사람들 앞을

다자이 오사무(太宰治)와 셰익스피어의 소설을 안고

지나쳤다

공무원 시험은 자격이 안돼서 학원에서 일했다

내가 챙기던 후배가 술집에서

조선 사람들을 경멸합니다

단품 요릿집의 아들인 그는 조선인 취객에게

괴롭힘을 당하는 엄마를 보았다고 한다

성적이 우수했던 그는 그 남자와 내가 타인이라는 사실을

알아차리지 못했다

애타게 기다렸다는 듯이 일본인이 되었다

공무원이 되어 아이들에게 둘러싸여

아이들과도 친구가 되기를 절실히 바랐는데

유실물센터에 맡기고 싶은 적막감

잃어버린 것은 의외로 소중한 것이었을까

타계한 당신에게 편지를 보내기 시작했다

경상북도(慶尚北道) 대구부(大邱府) 남산면(南山町) 162번지

내가 아는 것은 본적과 당신의 이름뿐

대구부가 지금은 대구시인 모양이다

관공서에서 회신은 오지 않았다

동봉한 우표만이라도 돌려주었으면 좋으련만

포장마차에서 알게 된 한국인 사업가에게 부탁해 보았다

본적과 이름만으로는 친척을 찾을 수 없었다고 했다

고맙게도 찾아봐 주었구나

유학생에게 부탁할 때는 소중한 사진을 줘버렸다

앨범 속 늠름해 보이는 교복 입은 남자는

당신의 형제일지도 모른다

교복 깃에 달린 배지로 학교를 알 수 있다던 당신은 감감무소식이다

사진만이라도 돌려주었으면 좋으련만

당신이 보았던 고향의 산과 강은

어떤 모습일까

당신은 어려서부터 난폭하고 무기력했다는데

그래서 남에게도 쉽게 속았을까

나이를 먹었는지 눈물도 많아졌다

윤동주를 읽고

'장하로 가는 길'*을 듣고

관동대지진* 당시 조선인이 우물에 독을 넣었다는

유언비어가 돌았을 때

폭동을 일으킨 일본인에게서 조선인을 구해준

오카와* 씨의 일화에 가슴이 뜨거워지고

동북지방 사투리의 소년은 피에 이끌려

대구에 대구에 다가가고 있다

저자 주
* 　장하(長河)로 가는 길 : 한국계 일본인 가수 아라이 에이치(新井栄一)의 대표곡.
* 　오카와 쓰네키치(大川常吉, 1877~1940) : 박경남(朴慶南, 1950~) 작가의『해가 둥실 떠오
　 른다면』중에서. 관동 대지진때 경찰관이었던 오카와 쓰네키치는 대지진의 혼란 속에서 자경
　 단의 일본인 군중들에게 살해당할 위험에 처한 조선인·중국인 약 300명을 지켜주었음.

옮긴이 주
* 　관동(関東)대지진 : 1923년 9월 1일, 일본의 도쿄를 중심으로 한 관동지방 전역에서 발생한
　 지진 재해로 큰 피해를 입었으며, 조선인도 다수 희생되었음.

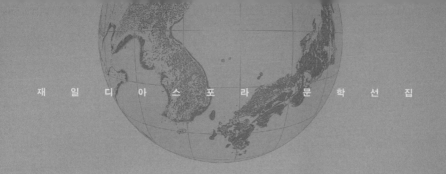

재 일 디 아 스 포 라 　 문 학 선 집

안준휘
安俊暉

안준휘安俊暉

1943년 이바라키현(茨城県) 출생. 본적은 경상북도. 조치(上智)대학 철학과 및 동 대학원 철학과 졸업. 시집 『무사시노(苧種子野)』(2003년), 『오디열매』(2005년).

오디열매

무사시노(武蔵野)에
뽕나무의 오디열매가 익어갈 무렵
너를
만났다

그때가 오면
독백처럼
말한다

그치지 않고 콜록거리다
너는
모과를 원했다

강 상류의 물가
오디열매와 함께
흔들린다

너를 만난

후부터

고향의 갈댓잎

서둘러 흔들린다

벚나무 이파리에

직박구리 울음소리가

맑다

겨울의 별

겨울의 별
더욱 높이 떠서
반짝이며
지나간다

등불
조금
남은
단풍과

당신
떠난 후
번쩍
눈이 뜨인다

저녁 해
기울고

덤불에 사는 휘파람새

운다

푸른 하늘

높이

멧새 지저귄다

겨울의 창문

고향의 호수

구름 사이로

어렴풋이

비친다

구근에서

싹 나오니

때까치 운다

눈

고요해지고

새 그림자

낮게

날아간다

벚꽃

사람은

미친다

사람은

깨닫는다

벚꽃

흔들며

해가

진다

벚꽃

눈보라치는 듯한 낙하를 향해

간다

정신이 들면

기차역 플랫폼의 끝으로

걸어들어가고 있다

그대
소녀
한 순간의 시선
나를 쏜다

관계 속에서
그 거리
속에서

카페
사람이 떠날 때
나도 떠날
때인가

해질 무렵
기차선로
헤어져 가는
신호
파란색
또는
빨간색

빈 깡통
내 앞에
굴러와
멈춘다

구두 끝
한쪽이
풀어져 있다

이웃집
창가
불이 꺼져 있고

나를 맞아주는
유채꽃
노란 색의
상냥함이여

단풍철쭉꽃에서
희미하게
향기가 난다

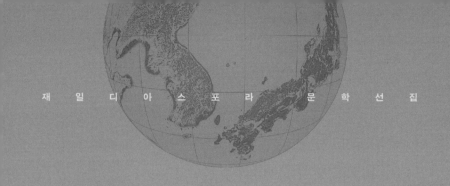

양석일
梁石日

깊은 못에서

겨울바다

피는 넘쳐흐른다 - 4월 혁명의 날에

무명(無明)의 시간

양석일梁石日

1936년 오사카시(大阪市) 출생. 부모는 제주도 출신. 1956
년 김시종과 함께 만든 시문학지 『진달래』와 『가리온』에 시 발
표. 시집 『몽마(夢魔)의 저 너머에』(1980년). 소설 『택시 광
조곡(狂躁曲)』(1987년)으로 소설가 데뷔. 여러 소설이 영화
화되었으며, 『피와 뼈』(1998년)로 '야마모토 슈고로(山本周
五郎)상' 수상. 그 외의 소설에 『밤을 걸고서』, 『어둠의 아이들』,
『밤의 강을 건너라』, 『혼이 흘러가는 끝에』, 『바다에 가라앉는
태양』, 『카오스』, 『족보의 끝』 등 다수.

깊은 못에서

사신(死神)이나 망령들과 함께
지금도 백발의 죽은 아이를 자궁에 품고
어머니는 먼 망국의
인습적인 혼례의 습관과
힘센 불한당에게 학대당한 운명을 사랑하고
오래도록 검은 머리를 빗으면서
제주도의 짙은 바다 밑에서
익사하는 꿈을 꾼다
서서히 부패하기 시작한 죽은 아이의 입에서
수수께끼 같은 조선 민족의 잔혹한 이야기가 새어나온다
부들부들 떨면서 어머니는
옛날 집과 밭을 떠올리고
순식간에 주름이 쭈글쭈글하고 이 빠진 얼굴로 변모한다
사생아도 아니고 적자(嫡子)도 아닌 나는
치매의 온기 있는 여자를 고독하게 사랑하고
먼 미래의
사라졌다가 나타나는 비전을 응시하고

한밤중에 이 가는 소리를 주문처럼 울린다
어머니를 버린 남자의 얼굴과 닮아가는 나를
여자는 불길한 머리칼을 머리에 휘감아
그 머리칼 한 가닥 한 가닥의 집념에 의해
이제 나는 절망을 절망한다
그녀의 엄청난 애무에 의해
결국 어머니의 죽은 아이를 죽일 것이다

폐허의 도시 지하실의
차디찬 돌층계 위에서
아버지는 미친 여자를 벽에 처넣고
결코 키우지 않을 젖먹이를 안으면서
독배를 들어 환갑을 맞았다
장사 지내줄 사람도 없고
가재(家財)를 비밀 통로의 천정에 감추고
대리석관을 만들어 거기서 잠든다
말도 잊고 오로지 포식하며
음란한 정을 계속 나누고 있다
헛된 존재의 할퀸 자국
양씨 족(梁氏 族)과 인습의 이씨 족(李氏 族)의 종언이다
고요하고 깊게
내 종족의 피의 화석을

비망(非望)의 계절, 그 대지에 매장하리라

지금은 비통도 절망도 없다

집도 육친도 고향도 의지할 곳 없는 나는

오랫동안 환상만을 먹고 살아왔다

환상을 먹고 살다 보면

시각과 청각의 분열이 시작되고

깊은 유근(遺根)에 갇혀간다

(불결, 불쾌, 과격한 노동을 싫어하지 않는 타성)

(신체를 강경(强硬)하게 해서 중노동에 견딜 수 있는 쓰기 좋은 대물
[代物])*

우리들의 대명사

우리들이 질투해야할 무지와 빈람(貧婪)의

지금은 파괴와 창조의 착란의 때다

눈이 뒤집혀서 뛰쳐나온다

죽인다, 죽이는 것이다

저자 주
* 일제식민지시대 조선총독부의 조선인에 관한 조사보고서의 한 구절.

겨울바다

바다에 와서

살아가야할 방도도 없이 헤엄을 친다

조개껍질 색으로 빛나는 해변의

바위그늘에서 잠드는 병든 임신부의

마른 육체 속을

바람은 쓰라림도 없이 쓸고 지나간다

혈육끼리 서로 싸우는 게들의

사체에 모여든 무수한 발과

거대한 집게가 부딪고 얽히는 처절한 소리를 들으면서

이상한 꿈을 꾸고 있던 임산부가

서서히 미치기 시작한다

나는 열렬한 포옹 속에서

그녀의 밝은 웃음소리를 들었다

시간도 없고 말도 없고

깊은 의식의 흐름 밑에 누워

맞닿은 부드러운 입술과 성기

지금은 아름다운 자연의 일부다

침묵의 계절이여

긴 침묵 속에서

나는 뭔가를 배반해가고 있다는 의식에 사로잡혀 있다

생이 두렵고

죽음이 두렵다

계급을 배반하고

연대를 배반하고

혈족을 배반하고

무기를 쥐고 싸운 적도 없이

타인의 하늘 아래 길에서 객사하는 것이다

객사한 어머니의

검은 살덩어리여

지금이야말로 뼈저리게 깨닫지 않으면 안 된다

넌 뭐란 말인가

네 피가 가진 깊은 인과율이여

너로 인해 전율하고

너로 인해 나를 숨긴다

프티부르주아 패배주의자의 자학적 망상이다

그러자, 울부짖는 파문 속에서

무명의 파르티잔의 망령이 나타났다

너는 죽을 가치도 없다 라며

뒤돌아보니

내 등 뒤에는 어두운 나라의 어둠이 겹쳐지고

내가 가는 곳마다

어머니의 부패한 검은 살덩어리가

매달려있다

아무 것도 보이지 않는다

다만 새하얗게 부르짖는 소리만이 들려온다

찢긴 살의 부르짖음이

남한의 기아 속, 정분에서 태어난 아이들을

치마로 덮어 눌러 죽인

여자들의 고독한 저주와

영아를 짓밟았을 때의 울음소리가 들려온다

엉엉, 엉엉, 끊이지 않는다

그리고 지금

살아갈 가치도 없이 여기까지 왔지만

미쳐 날뛰는 파도의 포말은

하얀 이를 드러내며 무너져온다

언제 멈출지 모르는 분노 앞에 꼼짝 못하고 서 있는 나는

서서히 미치기 시작하는 임산부에 몸을 기대자

임산부는 어느 새 딱딱하게 얼어있다

재빨리 배를 가르고

태아를 꺼낸다

오오! 내 피다

그러나 원형이 뚜렷하지 않은 포도(葡萄) 상태의 태아는

시꺼멓게 응축되어 있다

피는 넘쳐흐른다

—4월 혁명의 날에

찢긴 몸을 질질 끌고
도망치듯 공장을 나오면
밖은 깊은 어둠의 바닥이다
어둠의 바닥을 기어서
저려오는 몸뚱이를 어찌할 도리도 없이
불어난 사람들의 물결이
포개어지는 너털웃음을 듣고 있다
숨을 죽이고, 공간에 마음껏 떠오르고
다시 추락하는 오브제의
끝없는 반복을 바라보며
죽음 속에 살아 있는 갈망만이
거센 환각이 되어 타오른다
도깨비불이 무서운 고독으로 타오를 때
죽음을 견디는 어머니가
낮은 신음소리를 내며 희미하게 웃는다
그것이 어두컴컴한 방에 아련하게 떠오른다

희미하게 수많은 젊은이들이 총탄에 쓰러져가는 영상이 포개어진다

차례차례 아무렇게나 쓰러지고

쓰러져가는 공간에는 아무도 없다

다만 빛나는 4월의 태양을 우러러보며

젊은이의 심장은 장밋빛 피를 분출하고 있다

밀도 짙은 아름다운 피다

한 방울의 피도 남지 않은 형제를

끌어안자 감정이 복받쳐오른다

내 피여, 내 피여

하지만 현실에서는

벽의 한 점을 바라보는 것에 지나지 않는다

응시하는 그 한 점의 투명한 이미지를 후벼 파기 시작한다

손톱을 세워 후벼 파고 있자니

자궁암에 잠식당한 어머니가

망령처럼 팔뚝에 들러붙는다

네가 태어난 곳이 썩고 있어

이 피고름의 냄새는 네 것이야

그렇게 말하고 팔뚝에 들러붙지만 밀어서 넘어뜨린다

다시 들러붙고 다시 밀어서 넘어뜨리고

무너지는 흙을 뒤집어쓰면서

잠시 광기의 순간과 허무를 되씹으며

드러나지 않게 몸을 떤다

밀려 넘어진 어머니는

나자빠져 손발을 허우적대는 커다란 벌레 같다

털썩, 하고 벽이 무너지고

공간에 떠오른 붉은 벽돌의

화장터 굴뚝이 연기를 토해낸다

죽지 못한 인간의 집념의 냄새가

노란 잇몸의 뿌리에서 배어나온다

무명無明의 시간

고문으로 움푹 파인 안구가 크게 벌어지고

목을 관통한 총탄의 탄환으로부터 벗어나

불타는 집과

불타는 피붙이를 뒤로 하고

현해탄의 거친 파도에 흔들려서

그 남자는 내 앞에 나타나

한국은 미증유의 잔학과 아사로 휘덮여있다고 말했다

이 남자를 동포라고 부르기에

나는 전혀 상처를 갖지 않았다

믿어주기에는 부족한 나의 코뮤니즘은

이 남자의 육성(肉性)에 대응할 수 없었다

1950년 겨울의 산과 골짜기를 기어서 넘으며

원시적인 무기를 휘두르며 싸운

그 무명의 인민전사들을 지금

나부끼는 희망으로 바꿔줄 수도 없었다

나는 그때

내 자신을 다시 빼앗기 위해

내 자신과 싸우고 있었다

손바닥이 두꺼운 남자와 악수를 나누고

일그러진 예리한 안구에서 넘쳐흐르는 보복의 빛을

정면으로 받아들이자니 아뜩했다

비망과 초조함에

나는 일본 땅에서 혁명의 허상을

꿈꾸었던 것에 불과했다

나에게 기아는

어둠 속의 방황이었다

누군가를 배반하지 않는다는 가능성이었다

언제나 빗속에서 고독한 혼이 삐걱대는 소리를 들으면서

피가 끓는 허무를 느꼈다

믿고 있던 것이 결국

그 나체상을 능청맞게 드러냈다

미래만이 현재를 심판할 수 있고

현재가 미래를 심판한다는 건 불가능할까

현재의 실재는 정열과 함께 파묻힌단 말인가

각진 턱, 좁은 이마, 자아가 강한

이 남자의 근친 증오 또한

고향을 몹시도 사랑한 나머지

하나의 맹목에 얽매여있다

그러나 위압적인 태도로 다가오는

흥분과 거친 말을

지금의 나로서는 받아들이기 힘들다

허무한 도시, 패배의 서리 속에서 22년을 살았지만

때때로 도깨비불 같은

열정과 그에 상극하는 계절 겨울이 있을 뿐이다

겨울의 수목 속에서 눈을 뜬 나는

이 남자의 아득히 먼 혈연과 결별하고

영광스러운 무지개다리를 건너

어디로든 가야 한다

옮긴이 주

*   무명(無明) : 잘못된 의견이나 집착 때문에 진리를 깨닫지 못하는 마음 상태를 일컫는 불교용
    어. 모든 번뇌의 근원.

재 일 디 아 스 포 라 문 학 선 집

오림준
吳林俊

오림준吳林俊

1926년 경상남도 출생. 1930년 부모를 따라 도일. 시집『바다와 얼굴』(1969년),『해협』(1973년), 반생을 기록한『기록 없는 수인(囚人)』(1969년), 평론집『조선인으로서의 일본인』,『조선인 속의 '천황'』등 저서 다수. 1973년 작고.

폐어肺魚*

그 녀석의 기괴한 자태를 스마(須磨)의 수족관에서 보았다.

수조 안에서 그 녀석은 죽은 듯이 정지한 모습으로 모래를 온 몸에 뒤집어쓰고 있었다.

폐어라고 불리는 그 녀석은 주로 호주의 퀸스랜드주의 늪에 서식한다고 한다. '살아있는 화석'이라는 별명은 그 녀석에게 썩 잘 어울리는 호칭이다.

'폐어는 이른바 어류와 양서류의 공통의 선조에 가깝다. 오늘날 폐어는 귀중한 보호대상이다.'

폐어는 두 시간 쯤 어슬렁대다 돌아와서도 의연한 태도였다. 그 녀석이야말로 정해진 장소에서 어디론가 비상할 수 있는 기회를 강탈당한 채 등에 진 숙명을 거역하고 희미하게 공기로 호흡한다.

뼈마저도 산산조각 날듯, 장렬한 한 순간의 환희에 떨리는 목소리의 무게를 영원히 수태하지 못하는 하나의 상징. 애무와 흥분, 접근과 봉착과 분비의 증가는 수조 속에서는 불가능하다.

드디어

소나기구름이 바다 위를 물들였다.

입을 다물고 움직이지 않는

한 명의 나그네.

호우 쏟아지는

수족관.

옮긴이 주

* 폐어(肺魚) : 길이 40~180센티미터의 몸은 길쭉하고 폐지느러미와 배지느러미는 채찍모양
또는 나뭇잎모양이며, 부레에 해당하는 기관이 폐와 같은 구조로 되어 있어 건기에는 공기로
호흡. 고생대 중기부터 중생대에 걸쳐 번성한 생물로, 원시적인 형질을 갖추고 있음. 현재는
호주 · 남아메리카 · 아프리카의 3대륙에 여러 종류가 분포.

연표

가교.

저것은 분명 푸른 숨소리에서 토해낸 피를 손질한 마른 잎에 담가서
완성했으리라.

어느 아침

서리처럼 맺힌 고뇌의 항변은 쫓겨났다.

내 눈물은 알아보지도 못하는 속도로 살육(殺戮)돼버렸다.

그 때부터
그 놈들은 그것을 가교라고 불렀다.

부산으로 이어지는 것은 태아의 생명을 비트는 경적. 먹이를 노리는
야마토(大和)*의 혼이 올린 검은 연기의 축배.

향토의 푸른 하늘을 그리워했을 때에는 피막이 구부러진
역사연표가 만들어졌다.
표류하여 냄새나는 형사와 특별고등경찰의 날카로운 소리

닫혀버린 현해탄

비집고 들어가느라 후텁지근한 삼등석의 손님. 마른 손끝이 갈라진
소년이 기어오듯이 앉은 난파선. 송장조차 도자기 그릇보다 가볍게 다루
어서 오르락내리락하는 마비. 수려한 산과 강은 어느덧 나의 검에서 멀
어져버렸다. 추처럼 가늘게 쪼개진 턱의 끈을 옥죄인 소속 교관의 흰 장
갑 냄새는 쫓겨난 만주(滿洲).

미래. 비스듬히 자세를 잡고 피를 토하는 황량한 흰 벚나무. 꽁꽁 얼
어가는 38식 보병총.
그 길이에 구토. 점점 거품이 일어 교차하는 형벌의 울타리

'육군 2등병'의 탈주.

튼튼하고 예의 없는 가죽 슬리퍼. 가차 없는 집단 난타에 엎치락뒤치
락 양쪽 뺨에서는 선명한 피가 똑똑 떨어지고 여보! 한반도! 아, 광야의
빙빙 도는 불안한 강철
거꾸로 늘어진 18세

몽롱한 독잔을 뒤집어쓴 바람소리. 죽음을 재촉하는 참호. 석류처럼 변한 손. 칼을 갈았던 비극의 통로. 무덤 구멍의 순난(殉難).

나는 쏜다.

나는 쏜다. 다시 한 번. 지금이다. 바로 신속하게 조준을 해서 철커덕하고 맞춘다.

창끝을 숭배하는 기도에, 화약에.

'동포'다

'인질'이다

'의무'다

탄약함이 되어버려라

촛불이 되어버려라

이 옆구리

들이댄 철의 투구를 둘러싼 그 위장의 망을 향하여.

옮긴이 주

* 야마토(大和) : 일본을 뜻하는 다른 이름. 고대의 3세기 말부터 7세기 중엽까지 긴키(近畿)지방의 야마토를 중심으로 성립된 일본 최초의 통일 정권 왕국.

남아있는 원고

오랜 동안

집을 구하려고 헤맸다.

어디에도 마땅한 집이 없었다.

포근한 지붕에 덮이어 멋지게 채색된 창…… 그리고 내려앉은 출입
문이 드르륵 소리를 내며 부드럽게 열리는 느낌.

아아, 하지만 그 풍경은 옆으로 흘러내리는 눈물이 앞을 가려 붙잡을
수 없었고

피는 이미 난로에서 거부당해왔다.

그리운 이부자리는 어디에서도 팔지 않았다.

숲과 강과 들판은

어디서나 정오를 보고 있는데도

내 눈에서는 매일같이 비늘이 되어 눈물이 뚝뚝 떨어졌다.

그때

안경은 더 이상 필요 없었다.

……빙하는 이 열도에 고드름을 팽팽하게 부풀리어

　　둘러쳐서

　　철교는 어두운 소리로 날갯짓하며 부르짖었다.

어느덧 어디라도 땅거미는 사라지고
남겨진 노래는 망치가 되어 쾅쾅 가슴 바닥을 내리쳤다
……아들아 들어라

　　이 땅의 언덕에 부드러운 바람은
　　불지 않아

나는
헤어지지 못하는 부부의
그 입맞춤의 감촉을 잊은 채 살아왔다.

지금 가득 넘치는 것은
핏빛 붉은색으로 변한 음율뿐이다.

재 일 디 아 스 포 라 문 학 선 집

왕수영
王秀英

다마(多摩)묘지

숲으로 간다

비

왕수영王秀英

1937년 부산 출생. 1960년 연세대학교 졸업. 1961년 『현대문학』으로 등단. 1996년 제11회 '상화시인상', 1998년 제32회 '월탄문학상', 2007년 제16회 '한국문인협회 해외문학상', 2009년 제9회 '국제교류작가문학상', 2010년 제47회 '한국문학상', 2011년 제4회 일본의 '이시카와 다쿠보쿠(石川啄木) 시인상', 2014년 제45회 '한국펜클럽 번역문학상'(일본어), 2016년 제32회 운동주문학상 수상. 저서로 한국어시집 9권, 수필집 2권, 장편소설 8책, 번역서 20권, 일본어시집 3권, 수필집 3권. 현재 펜클럽한국본부 회원, 한국문인협회 회원, 여성문학인회 자문위원. 일본 동인지 『이(滴)』 동인.

다마多摩묘지

내가 사는 동네 가까이
일본사람들의 묘지가 있어

살아있는 이웃보다
저 세상의 일본사람과
노는 시간이 많다.

유명한 작가
역사에 기록된 영웅호걸
수백 년을 내려오는
상인들의 조상

여름에는 초록물이
떨어지는 신록에 안겨

가을에는 불붙는
단풍과 한 색깔로

겨울에는 새하얀

눈 이불 덮고

일본말도 일본웃음도

들리지않는 묘지

가도 그만 와도 그만

타향살이 고향되는

이국의 하늘

숲으로 간다

바람이 심장을 헤집고 들어와
한국말로 칭얼대는 날

한없이 혼자인 나는
반평생을 살아도
낯선 일본과는 할 말이 없고

한반도가 출렁이며
가슴을 휘젓는 오늘

실컷 한국울음 울고싶어
숲으로 간다

한국말 알아듣는 새와 더불어
피를 토하듯이 우리말
나누러 숲으로 간다

비

둥근 달이 넘쳐흘러
내 가슴으로 스며들면
일본에는 비가 내립니다

참으로 비가 내립니다

내 가슴에 흘러들어온
달을 내어주지 않으면
일본에는 내내 비가 내립니다

가슴에 들어온 달을
내가 삼켜버리면
일본천지는 나무도 집도 산도
전신주도 물에 잠겨 둥실 둥실
내 나라 내 조국산천으로
흘러들어 갑니다

— 왕수영 시 전문, 한글로 쓴 시

재 일 디 아 스 포 라 　 문 학 선 집

윤건차
尹健次

추억

살다

여로

윤건차尹健次

1944년 교토(京都) 출생. 도쿄(東京)대학 및 동대학원 졸업. 한일관계사, 사상사 전공. 가나가와(神奈川)대학 교수. 일본어시집 『여로(旅路)』(1966년). 저서 『이질과의 공존』(1987년), 『고립된 역사의식』(1990년), 『현대 한국의 사상』(2000년), 『'재일조선인'을 생각하다』(2001년), 『좀 더 알자 조선』(2001년), 『서울에서 생각한 것』(2003년). 일본어시집 『겨울숲』(2009년), 한국어시집 『겨울숲』(2009년).

추억

언제였던가

아주 오래 전

여름도 끝나갈 무렵

혼자 여행을 간 적이 있다

이곳저곳을 돌아다는 후

마지막으로

해변에 도착했다

석양이 질 무렵

바다 저편으로

새빨간 석양빛이 아름답게 빛나고

그 뒤에는

산처럼 모래언덕이 우뚝 솟아있었다

바닷물에

가만히 손을 넣어보기도 하고

무릎을 꿇고

조용히 꿇어앉아 있기도 했다

살다

만일

무엇을 위해 사느냐고

묻는다면

나는

이렇게 대답하겠다

나도

당신도

살아있기 때문에

'살아가는' 거라고

먹을 때 먹고

잠잘 때 자고

이야기를 하고

웃고

울고

이것이 살아가는 거라고

그리고

'살아가는' 일은

슬픔을 견디는 거라고

여로

그는
땅 끝에서부터
터벅터벅 걸어 와
앞으로도
지쳐 쓰러질 때까지
터벅터벅
혼자 걸어갈 것이라 한다
초라하고
구깃구깃한 낡은 옷을 입고
어깨에는
그 또한 닳아서 너덜너덜한 보자기를 메고
그는
터벅터벅 걸어간다
분명
이 길이
그에게 허락된
단 하나의
'여로'이다

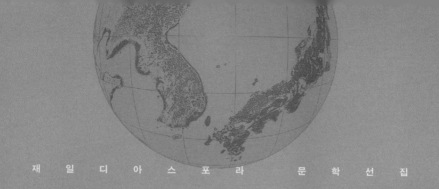

재 일 디 아 스 포 라 문 학 선 집

이기동
李沂東

이기동李沂東

1921년 경상북도 창령군 출생. 1925년 5세 때 어머니와 함께 후쿠오카현(福岡県)의 아버지 곁으로 도일. 시집 『기억의 하늘』(1967년), 『엷은 구름』(1979년), 『물가의 윤리』(1989년), 『용의 거울』(1992년), 『나의 성지』(1997년). 그 밖의 저서로 역사서 『한반도 도래 문화와 그 사적―도카이(東海)지방』, 『다카아마노하라(高天原)는 조선인가』. 『가제(風)』동인으로 활동. 2006년 작고.

방

벽 가득
세계지도를 붙이자
얼마나 작은지 알기 위해
소박한 방을
꾸미기 위해

또 한 곳의 벽에는
확대한 토끼 같은
한국지도를 붙이자
모국을 잊지 않기 위해
자신을 잊지 않기 위해
모국의 지도에는
태어난 땅 낙동강 부근에
빨간 핀으로 빨간 표시를 해두자
그리고 일본열도의 지도에는
내 자신의 현 위치를 나타내기 위해
하얀 핀으로

하얀 표시를 해두자

그리고서……
만약 여유가 생기면
큰 테이블을 사자
가난한 우리들의 단란(團欒)과
찾아오는 친구들의 잔치를 위해
우리들의 내일을 말하기 위해

돌

묘지의 한쪽 구석에
눈에 띠지 않는
돌 하나가 놓여 있다
그것은 임시로 묻었다는
표시였다
어느 새
연륜의 이끼가 덮여 있다

가끔 묘지를 청소하러 오는 사람이
굴러다니는 돌인 줄 알고 한쪽으로 치워버린다
나는 그것을 찾아내어
추석이나 설에
다시 원래의 자리에 갖다놓는다

당신에 대한 기재(記載)는
속명(俗名)도 계명도
묘지를 관리하는 절의 기록장에는 없다고 한다

이유는 묻지 않았다
그 이유는
내가 가장 잘 알고 있으니까
내 나라의 풍습이
그랬으니까, 집에도
위패나 불단 같은 것이 없었다

나는 돌을 당신이라고 생각했다
그 당시에는 눈에 띌 만큼
두 팔에 꽉 찰 정도의 큰 돌을 골랐겠지만
지금 보면
옥석만큼 작다

나는 묘비에 이름이 적힌
모양새 나는 묘이기를 바랐다
누가 찾아와도 보기 좋게
위패나 불단이 놓여 있기를 바랐다

추석이나 설에
찬합 속에 쌀 한 되와
삼십 전이 든 보시봉투를 들고
동생과 둘이서

삼십 리를 걸어서 절에 갔다

늘 아무도 몰래 산길을 올라
이곳에 오는 것이 겁이 났다
그러나 도착하면
돌에게
무한한 그리움이 일고
마음속으로 어머니! 하고
내 어머니를 불러본다

수북이 덮인 흙이 평평해지고
지금도 그 표시로서
돌 하나가 구르고 있다

돌에 비가 쏟아지는 날도 있고
돌에 도마뱀이 기어가는 날도 있고

오늘의 석양

이제 결코 두 번 다시 볼 수 없는
오늘이라는 날의 석양이 저물어간다
저 멀리 구름 위의 커다란 원을 채색하며
무슨 말로도 형용할 수 없는 저 색을

또 내일의 해가 있지 않느냐고
말하는 사람도 있겠지만
내일은 내일의 해이며
오늘 보는 오늘의 석양은 아니다
게다가 내일은 흐리거나 비가 올지도 모르지 않은가

나는 병자이고 게다가 노인이다
사람은 병들고 늙고 죽어간다
내일의 일은 아무도 단언할 수 없다
살고 싶어 하는 자신을 의식하며 사는 사람이
얼마나 될까

건강은 인생의 보물이다

이보다 더 중요한 것은 아무 것도 없다

무엇보다도 소중하다

내일은 만나지 않은 것과 마찬가지

예를 들어 돌연 일어나는 심장마비나 교통사고가 그것이다

인생에서 대체 무엇이 남는단 말인가

하늘을 떠받드는 일이라고까지는 말하지 않겠지만

예를 들어 제대로 된 시를 한 편이라도 남기고 죽은 시인이 있다면

그 얼마나 행복한가

하지만 흔한 일은 아니다

아아, 오늘이라는 해가 서쪽 하늘로 잠겨 간다

얼마나 아름다운 색채인가

오늘도 살아남은 나는

뭐라고 감사인사를 해야 할지

우두커니 서 있는 나는 기쁘고 그저

행복하다

이 감개무량을 누구에게 전하면 좋을까

석양을 깊이 바라보지 않는 사람은 잘 이해하지 못하리

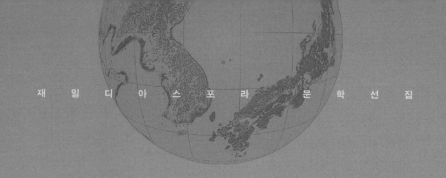

재 일 디 아 스 포 라 문 학 선 집

이명숙
李明淑

이명숙李明淑

1932년 오사카시(大阪市) 미나토구(港區) 출생. 1996년 야
간 중학교 졸업. 2000년 정규 고등학교 졸업. 1979년 시집
『어머니』 출간, 1988년 『어머니』 재출간. 1975년 일본으로
귀화.

어머니의 바지 색

여러 가닥 들쑥날쑥 길고 짧은 털실을 이어서
뜨개질한 바지
무슨 색이냐고 묻는다면 대답하기 곤란한 색이었다
처음에는 아이의 스웨터로 짰다가
그 옷이 오래되어 못 입게 되면
풀어서 다른 털실과 섞어
다시 아이의 스웨터를 만들었다
그렇게 반복하는 동안
너덜너덜하게 헤져버리면
더 이상 어쩌지도 못하게 되면
마지막으로 바지를 짰다

개성이라고는 말하지 못하겠다
이십 센티미터나
삼십 센티미터의
여러 색실을 이어서 짰으니
무슨 색이냐고 물어도

쉽게 대답할 수 없는
줄무늬 바지다

어머니가 돌아가시고
옷장을 정리할 때
소중하게 간직해 두신
그 바지가 나왔다

꼬깃꼬깃
군데군데 구멍이 뚫리어
넝마처럼 변했어도
버리지 않은 털실이
바싹 다가와
마음 주름 하나를 만들고
그 위에 다시 주름이 겹쳐져서
줄무늬를 이루며
따스한 어머니의
알록달록 들쑥날쑥한 바지가 되었다

목마른 기억 1

학교에서 돌아오는 길, 친구들과 손잡고 걷다가 어느 집 모퉁이를 돌자 낯익은 리어카가 세워져 있었다 순간 내 속의 피가 멈추고 얼어붙는 것을 느꼈다 낡고 초라한 옷을 입은 어머니가 커다란 넝마보자기를 안고 나타났다 남을 쳐다보는 시선으로 어머니는 나를 보았다 어머니는 그런 알 수 없는 얼굴을 하고 리어카를 끌고 뛰듯이 반대방향으로 걸어갔다 엉겁결에 나는 친구들에게 인사도 하지 않고 어머니를 쫓아갔다

뛰면서 타인을 보는 듯했던 어머니의 눈빛이 그날은 평소보다 더 따뜻하고 오렌지향이 난다고 생각했다

뛰면서 이전에도 그 이전에도 또 그 전에도 이번에야말로 어머니와 함께 리어카를 끌어줘야지 다짐했던 일이 떠올랐다

뛰면서 잔뜩 찌푸려 낮게 드리운 구름이 내려와 나를 안아 하늘로 데려가주면 좋겠다고 생각했다

뛰면서 되돌아갈 용기가 없는 나 자신의 오른발을 자르고 왼발을 잘

라냈다

뛰면서 이 상처는 흰 무명실로도 기워지지 않고 어른이 되어도 계속 검은 피를 흘릴 것이라고 생각했다

알고 있는지요?

—손진두孫振斗 씨에게 피폭자 수첩 교부

썩둑 떼어 낸 유방의 상처

코발트 방사선을 쐬어서 생긴 켈로이드가 경련을 일으키며

오른쪽 상반신을 기어간다

암 치료에 사용된 방사선이

어머니의 살을 태우고

바삭바삭 뼈를 바수고

폐의 숨통을 끊어놓았다

붉어야 할 피는

흰색 악마로 모습을 바뀌고

살아가는데 필요한 한 쪽 폐와

약간의 피를 남기고

음산한 웃음을 띠면서

어머니가 살아있는 한

어머니에게서 떨어지지 않았다

목숨을 구하는 인간의 우수하며

주의 깊은 의학의 손조차

악마로 모습을 바꾼다고 하거늘

전쟁이라는 살육의 현장에서 사용되었다면

그것은 이 세상의 지옥도가 아니고

무엇이겠는가

투하된 한 개의 원자폭탄이

순식간에 태워 죽인 수십만의 목숨

전신을 방사능에 쬐인

피폭자라는 이름으로 생명의 잔해를 남기고

불타버린 여름 날

그날로부터 삼십여 년의 세월을

사라지지 않는 육체의 각인을 껴안은 채

저주스러운 악몽의

나락일 수밖에 없었을

일본의 하늘 아래

목숨을 걸고

귀국선을 탔던 한 조선인 피폭자가

밀항선을 타고 일본에 왔다

좁고 어두운 배의 밑바닥 공간은

당신에게

그 끔찍한 참극이 일어나기 몇 초 전
혈기왕성했던 젊은 생명으로 가는
타임캡슐이었을까

모든 것이 미치고 무너져버린 그날부터
생을 향한 갈망의 외침을
끊임없이 외쳐왔던 당신
뱃전을 두드리는 파도소리에도 숨을 죽이고
엄습하는 공포에 옴짝달싹도 못하고
오로지 그저 오로지
생명의 불빛만을 바라보며
당신은 내달리듯 현해탄을 건너왔다
밀입국자인 당신에게
일본법의 문이 얼마나 두껍고
치료라는 벽이 얼마나 차갑게
닫힌 문일지
모르지는 않았으리라

한 발의 핵이 당신의 청춘을
짓밟으며 앗아가 버린 그 며칠 후
드디어 찾아온 조국의 해방까지
식민지 타국의 사람이기는 했으나

분명히 일본의 황국신민으로서

그 육체에 채찍을 맞아왔거늘

1978년 3월 30일

손진두 씨는 밀입국자라는 이유로

피폭자 수첩 교부를 거부당했으나

최고심 판결에 의해 피폭자 수첩 교부를 허가 받았고

드디어 치료를 위한 길도 열렸다

하지만

전신에 화상을 입고

죽음과 고독에 떨며

고통에 흔들리는 창백한 절망으로 녹슬어

끊어진 목숨을 끌고 살아온

가슴 미어지는 삼십여 년 세월은

보상받을 길 없이

길었고

같은 전쟁에 몸이 내던져져

함께 병이 든 피폭자들이

치료의 희망조차 없이

하얀 악마를 두려워하며 떨었고

되돌릴 길 없는 애환 속에서
원통함의 불길을 삼키며
살아왔다는 사실을

알고 있는지요?

재 일 디 아 스 포 라 문 학 선 집

이미자
李美子

이미자李美子

1943년 도쿄 출생. 도쿄조선고등학교 졸업. 1965년 호세이 (法政)대학 영문과 졸업. 시집 『머나먼 제방』(1999년). 시문 학지 『사아엔도』, 『다마다마』 동인으로 활동.

시장거리

어머니의 이불가게가
보이는 길모퉁이에 멈춰서면
나는 언제나 주문을 걸었다
제발 손님이 오지 않았으면!
주문의 말을 거꾸로 외우면 영험이 있다

가게 한 구석에서 거무튀튀한 솜이 나뒹굴며
다시 틀어질 날을 기다리고 있다
새 파는 가게의 죽은 노파가 깔고 잔 요
어머니는 신기할 정도로 붙임성이 좋았다
최고로 품질 좋은 솜이 들어왔답니다!

센베 과자를 깨물어 먹으면서
거리를 바라보곤 했다
사람과 자동차가 지나고 짐수레를 끄는 말도 지나갔다
오늘밤은 갑자기 추워질 것 같네
손을 비비는 어머니의 거무스름하고 촌뜨기 같은 얼굴

힘든 밭농사의 노동을 생각하면
거리는 그나마 밝은 편이었다

부부이불을 지어놓은 밤
나는 이불 속에 쑥 들어가 있고
왼손잡이인 어머니는 바늘을 잡을 때는 오른 손
왼손을 쓸 때에는 어깨가 기울어진다
인두가 달구어지고 어머니의 등 뒤에서
찻주전자의 물을 뿜는 소리가 나고
흰 수증기가
조용한 방에 피어오른다

선잠을 자고난 거리는
크게 기지개를 켠 후
이불가게 앞에서 잠을 깼다

제발 손님이 오지 않았으면!

뚝방 아래의 조선

옛날에는 교포들이 모여 사는
함석지붕의 집단마을이었다
가와사키시(川崎市) 사이와이구(幸区) 도데4초메(戸手4丁目) 12번지
한 사람 한 사람
생명을 다하여
내다버린 조개 같은 집들이
검은 입을 벌리고 있었다

질퍽거리는 마을의 미로에서
할머니가
불쑥 나타난다
자꾸만 습관적으로 머리에 손이 올라간다
은비녀로 고정했던 머리채가 펄렁
어깨로 내려 올까봐 신경이 쓰이는지
꽤 짧게 깎았음에도
할머니는 온 관심을 머리에 쏟고 있다

밤의 폐가에 빨려들어가는 사람의 그림자

타지에 돈 벌러 온 낯선 사람들은

다음날 아침이면 모두 사라진다

내 자신이 소거되는 날을 생각한다

집단마을은 비뚤어진 얼굴을 보이며

더욱더 완고하게 강가에 눌러 붙는다

밀집된 희색 지붕들은 한쪽다리를 물에 빠뜨린 채

다른 한쪽 다리로 모래땅을 긁고 있다

다마가와(多摩川) 강물은 천천히 사행하며 흐른다

강 건너 하얀 고층빌딩이

넓은 공간 속에 우두커니 서 있다

버스 승객의 눈길은

푸른 하늘의 아득한 흐름에 이끌려가고

제방 아래의 그 처량했던 가옥들을

이젠 아무도 모른다

주 씨

열 살 때 현해탄을 넘었다
해방된 조국은 다시 전쟁터가 되어
그대로 일본에서 한 발짝도 나갈 수 없었다
주 씨의 단 한번뿐인 인생에서
두 번의 전쟁이 있었다

주(周) 씨인지 혹은
추(秋) 씨인지 혹은 주(朱) 씨인지
그의 아버지 말고는 아무도 실제 성을 몰랐다
그 아버지가 오래전에 돌아가셨고
주 씨는 그냥 주 씨

입속의 하얀 치열이 눈부셨다
아주 먹성이 좋아
크리스마스 치킨 접시를 깨끗이 비워냈다
우와, 뼈까지 다 먹은 거야?
나도 함께 맨손으로 치킨을 잡고 함께 뜯었다

카바레를 열어

모두를 깜짝 놀라게 했던 주 씨

투명한 화장실 바닥에 일곱 가지 색깔로

물고기를 헤엄치게 만들어 놓고는 활짝 웃었다

가게는 잡거빌딩 화재로 홀라당 불타버리고

일곱 색깔 물고기와 주 씨는 행방불명

어디선가 하하하

치열은 아직 건재하다며

그런 일도 있었노라고 주 씨는

웃고 있을 것만 같다

8월의 현해탄

투명한 푸르름에

심호흡하고

20톤의 기범선 이즈미마루호는

시모노세키(下關) 항에서 고국을 향해 출발했다

부릉부릉 연기를 품으며 엔진이 돌았다

서로 껴안고 환호하는 교포들의 포효

광복의 날 현해탄은

가라앉질 않았다

뒤에 남은 사람들의

이미 백골로 변한 사람들의

끝나지 않은 꿈은

해협을 넘지 못했다

남겨진 채로

울긋불긋한 등불

미풍을 맞으며

배 위에서 춤추는 사람들의

떠들썩함에 섞여 들어가

숨어있던 사람들이

해저에서 나타나

비틀비틀 발을 잘못 내딛어

소년을 깜짝깜짝 놀라게 하는

해협의 8월

여름 꽃

하루 종일
바람의 행방을 생각하고 있었다

길가의 흰색 무궁화는
아스팔트에서 반사하는 햇볕을 견뎌내고
싱싱한 자태로 지루할 정도로 굳건하게 서 있다
가련함이나 향기로움도 없고
아양을 떨 줄도 모른다
염천에 하얀 옷의 양팔을 벌리고
태양을 안으려는
여름 꽃

고향 바닷가에서 여자들은
무궁화가 피는 추석날밤
서로 손을 잡고 원을 이루어
강강수월래 강강수월래
합창에 맞춰 밤새 춤을 추며

왜구가 급습해 오는 것을 알렸다

강강수월래 강강수월래

영롱한 달빛 아래 춤추는 원무에도

민족의 저항과 기개가 담겨져 있어

고향의 유행가를 흥얼거리며

무궁화의 강인함을 생각했다

태양을 껴안은 여름 꽃에 마음을 빼앗겨서

달밤과 터널

'달'이라고 불리던 반 아이가 있었다
둥근 얼굴과 주근깨를 부끄러워하던 아이였다
집은 터널 바로 옆
그 위를 조반선(常磐線) 열차가 달렸다

달의 도시락 반찬은
늘 튀김 한 가지
그 애의 어머니는 어떤 사람이었을까
내 계란말이를 맛있게 먹곤 했다

북한으로 귀국하는 달을 보내는 날
우에노역(上野駅) 플랫폼에서 깃발을 흔들며 만세를 불렀다
조국에서는 가슴 펴고 살 수 있을 테니까
감격에 취해 다들 울면서 노래했다

달은 몰래 헤매며 되돌아왔다
얼어붙은 해협을 헤엄쳐서

붙잡히면 다시 돌려보내질 것이다
절대로 돌아가지 않으리라
추적하는 남자들의 검은 그림자
탕 탕 탕 세발! 그들을 쏘아 죽였다
터널의 비밀 계단을 끝없이 달려 내려가
우리는 실종되었다

물 흐르는 소리가 난다
달이 좋아했던 아라카와(荒川) 강
철교 위를 기관차가 지나갔다
연기를 토하며 돌진하는 새까만 열차를 보면
가슴 두근거릴 것이다 그 아래
고요히 흐르는 강물을 아련하게
둘이서 다시 한 번 바라보고 싶다

하지만 터널 밖은 온통 변해서
조반선 선로에 이제 기관차는 달리지 않는다
마을은 기억하지 못할 정도로 바뀌어
—달은 목숨을 걸고 돌아왔는데⋯⋯
—아무리 바뀌었다 해도 너만 살아 있으면 돼
—죽는 편이 행복하다고 생각되면?
—또 탈출하지! 어디서든 추방에 익숙해져 있으니까, 우리는 그런 운

명을 갖고 태어났잖아?

　　달은 속삭이며 터널을 가리킨다

　　달밤에 더욱 반짝이며 암흑이 물위로 떠올랐다

재 일 디 아 스 포 라 문 학 선 집

이방세

李芳世

이방세李芳世

1949년 고베(神戸) 출생. 일본의 조선대학 문학부 졸업. 시집 『하얀 저고리』(1992년). 1993년 시 「안약(目薬)」으로 제4회 '임수경통일문학상' 수상. 『아이가 된 할매』(2001년)로 제6회 '미쓰코시 사치오 쇼넨시상(三越左千夫少年詩賞) 특별상' (아동문학상) 수상.

난 모른당께

장애인이라고 해서
아무것도 모른다며
바보라 부르고
희롱하고 놀리는 건 이지메*라는 걸
난 모른당께

몹시 추운 겨울 날
공원에서 놀고 있는데
다가온 그 놈들
"이 자식 조센징 아냐?"
라는 말
난 모른당께

그 놈들은 나를 빙 둘러싸고
옷을 벗겼지
어머니가 사 주신 모자가 찢어지고
체육복과 셔츠도

이름과 주소가 적힌 바지까지도

모두 가져가 버렸지

그 놈들의 얼굴

난 모른당께

난 모른당께

친절 배려 가득 담긴

인간의 마음

스스로 벗어던졌지

나를 알몸으로 만들어 놓고

재미있어 하던 그 놈들이

알몸이 되어버렸단 사실을

분명 분명

난 모른당께

옮긴이 주
* 이지메 : 집단따돌림을 뜻하는 일본어.

졸업하는 날

졸업하는 날

사은회에서 수철이가 모두의 앞에서 말했다

제 어머니는 일본인입니다

그래서 우리 노래를 부를 줄 모릅니다

어머니 몫까지 제가 부르겠습니다

— 옹헤야 헤헤 옹헤야

마음 속 깊이 감사를 담아

큰 소리로 씩씩하게 부른다

가만히 듣고 있던 수철이 어머니가

갑자기 춤을 추기 시작한다

눈물을 글썽이며

어깨를 들썩이며 높이 손을 올리고 춤을 춘다

졸업하는 날

수철이도 어머니도

모두가 보금자리를 떠난다

민족교육의 새로운 이야기가

이렇게 다시 시작된다

숨바꼭질

꼭꼭 다 숨었니?
아아직
꼭꼭 다 숨었니?
아아직

　숨어버린 모두가 보고 싶다

꼭꼭 다 숨었니?
아아직
꼭꼭 다 숨었니?
아아직

　어디에도 없는 너를 보고 싶다

꼭꼭 다 숨었니?
아아직
꼭꼭 다 숨었니?

아아직

  기다리고 있어, 고향에서 보고 싶다

꼭꼭 다 숨었니?
아아직
꼭꼭 다 숨었니?
아아직

반세기의 숨바꼭질

찾았다!

재 일 디 아 스 포 라 　 문 학 선 집

이승순
李承淳

아직도 들려오는 곡성

어린 망혼의 목소리가 들린다

나는 누가 되었나?

울타리

이승순 李承淳

한국 출생. 서울대학교와 무사시노(武藏野)음악대학에서 피
아노 전공. 한국어시집『나그네 슬픈 가락』(1990년),『어깨
에 힘을 풀어요』(1993년),『나는 더 이상 기다리지 않아
요』(2000년),『얼음 속에 갇힌 초상화』(2003년), 시선집
『풍선 속에 갇힌 초상화』(2005년), 일본어시집『지난날을 벗
어내려 보세요』(1998년),『귀를 기울여 봐요』(2000년),
『풍선 속에 갇힌 초상화』(2007년),『그처럼 조용하게 웅크리
고 앉아 있다』(2010년). 번역서『박용철 시선집』,『정지용
시선집』등. CD『시인 이승순과의 만남─한국현대가곡집』(도
시바(東芝)EMI 제작)이 있고,〈이승순 시에 붙인 새로운 전통
가곡〉제130회 국립국악원 목요상설「새소리 새몸짓」기획
공연. 일본에 거주하면서 연주활동과 문필활동을 해왔으며,
현재 일본문예가협회, 일본현대시인회, 일본시인클럽 회원.
한국시인협회, 한국현대시인협회 회원.

아직도 들려오는 곡성

종군 위안부 소녀가 울고 있다
이시카와* 시인이 부둥켜안고 있는 소녀들도
발밑에 밟히는 낙엽소리로 흐느끼고 있다

고국을 향한 그리움은
말라버린 눈물로 절여진 심장이 되어
통곡을 한다

벗어날 수 없는 무고한 밧줄을 끊어 보려고
오늘도 발버둥을 친다

— 몇걸음을 걸어 나갈 수 있을까?

도망은 소녀들의 유일한 소망이 되었다

단 한번이라도 이루어 보고 싶어
무턱대고

한 소녀가 달린다

─ 어디로 가는 걸까?

하루에도 수십명의 군인들을 상대해야 하는

지긋지긋한 족쇄를 떨쳐버리려

달린다

지쳐 쓰러질듯한 가는 다리를

질질 끌고 달린다

총소리가 들린다

먼곳에서 아니면 바로 등 뒤에서 들리는 걸까?

낙엽으로 뒤덮힌 차디찬 늪이 눈앞에 나타난다

저곳까지만이라도 가자

늪속에 잠기면 차라리 따뜻하겠지

고향의 어머니 품속처럼

저자 주

*   이시카와 이쓰코(石川逸子) 시인 : 시집에 종군위안부 소녀들을 적나라하게 표현하고 있다. 일본이 역사를 은폐하려고 떼를 쓰는 요즈음 다시 한 번 이 시집에서 들려오는 울음소리를 한국 독자들에게도 전해주고 싶다.

어린 망혼의 목소리가 들린다

"누구니?"

다짜고짜 주먹을 휘두른다
분노에 찬 눈초리로 안면을 격타한다
말 한마디 건네 보기도 전에
발로 찬다 센 발길질이다
가슴패기가 통증으로 몸을 가눌 수가 없다
검게 타들어가는 아픔을 견디며

"뭘 원해?"

그러자 등에도 차디찬 생주검 몸뚱이가 들어 붙는다
나를 온통 휘감아 싸고 안는다
젖은 학생복이 피부에 닿아 나를 적신다
무력감으로 적신다
복도를 걸을 때도 따라 온다
목욕탕에도 화장실까지 뒤를 쫓아 온다

내가 부른것일까

그들 어진혼을 위로해 보겠다고

턱없이 기다리고 있었던 것일까?

진도 앞바다에서 동해를 건너 태평양으로 흘러 왔을까?

갑판을 빠져 하늘을 날아 왔을까?

우리가 제물이에요? 심봉사 눈을 뜨게한 심청이얘기를 믿어요?

아니야 아니야 심봉사만 장님이아니야

모두가 장님이 되어 버렸어

우리 모두 눈을 떠야해 어떻게 눈을 떠?

눈을 감고 있는게 훨씬 편한데

눈을 떠도 보이지 않는데

다리에도 감긴다

트레이너를 입은 넓은 어깨가 한편 구석에서 쭈그리고 앉아 훌쩍거리

고 있다

또 다른 아이들은 바리케이트를 치고

내가 방에 들어 가지도 침대에 눕지도 못하게 한다

몇날 며칠을 벽에 기대어 선채로 뜬 눈으로 밤을 지샜다

폭풍처럼 휘몰아 나를 족쳐대는 날망제*를 거두며

마침내 나는 머뭇머뭇 중얼댔다

―그래 그래 무언가를 해볼께
힘이 없어도 권력이 없어도 겸허한 성찰를 해볼께
혼신을 다해 노력해 볼께―

그러자 모두들 한꺼번에 재잘대기 시작했다
―알았어
으스스한 저승객 목소리에 귀를 바싹 가져갔다
―그래 무고히 져버린 너희 어린 넋의 꽃을 피우게 하라고
―그래 태평양으로 흘러 가는 슬픔의 물결이 세론의 북소리에 허둥
대지 않게
―그래 진정한 너희들의 목소리를 전하라고
―그래 현대판 심봉사는 스스로 갈 길을 찾아 눈을 뜨게 하라고
―그래 공양미 삼백석에 심봉사 눈이 더 멀지 않게 하라고
―그래 정치가에게도 고할께 유족을 제발 둘러리 세우지 말라고
―그래 모두가 개혁의 눈을 떠야 한다고 그래 의식 문화를 바꾸라고
―그래 내가 다시 펜을 들고 전해 볼께

끝도 없이 이어지던 목소리가 조금씩 끊어져 가고
한아이는 창가에서 또 다른 아이들은 정원에서 서서히 몸을 일으킨다
못다핀 흰 꽃송이를 서로 서로 가슴에 안고 나를 떠나간다
책가방을 둘러매고 무당춤 추듯 떠나간다

사라져가는 황천걸음을 먼발치로 바라보며

펜을 든채 나는 털썩 방바닥에 주저앉았다

억지떼가 그림자로 눌어 붙은 천정만 멍하게 바라보며

"어떻게 뭘 해야 하지?"

저자 주

*   날망제 : 무당이 쓰는 말로 사람이 죽어 천도시키는 굿을 해주지 못한 혼령.

나는 누가 되었나?

거리를 휩쓰는 플레카드가 칼날처럼 날아 온다

천개로 만개로 금이 간다
팔도 다리도 허리도 머릿골까지
부서진다
조각난다

'좋은 한국인도 나쁜 한국인도 모두 죽여라'
플레카드위에서 쏟아낸 말들이 총알처럼 가슴에 박힌다

심장이 찢어진다
세포가 분열된다
혈관이 파열된다
피가 흘러 내려 흩어진다

'여자는 덥쳐서 뱃속 아이까지 죽여라'
'조선인은 싹 쓸어 없애라'

바퀴벌레[*]를 잡듯
산소마스크로 무장한 차별 대모대 구둣발길에 차여
상처투성이가 된채
조각 조각 흩어진

나는 내가 아니다
부서진 날개이다

길녘에 흥건히 고인 물구덩이다
피눈물이다

나를 뭉아 본다
주머니에 담는다
형태를 만들어 본다
거르개로 걸러
기름흙처럼 주무럭거리며
다시 빚어 본다
역시 내가 아니다
바퀴벌레는 더욱이 아니다

붓과 그림쇠를 가져다
덧살을 부쳐본들

소용이 없다

마침내
나는 무엇이 되었나?

저자 주

* 바퀴벌레 : 나치가 유태인을 '이'라고 부르며 민족차별을 한 것처럼 일부 일본인들이 조선민족
을 바퀴벌레라고 부르며 의도적으로 차별의식을 확산시키고 있다.

울타리

무인도 모래톱 위에
쓰러져 가는 싸리나무 울타리

배달의 동해바다
일본해로 표기되었다고
갈비뼈 같은 몸
등 돌리고

버틴다
버티고 있다

남원 한 고을이 깨어져도
눈 곤추 세우고
움쩍하지 않는
춘향이 마음으로

—이승순 시 전문, 한글로 쓴 시

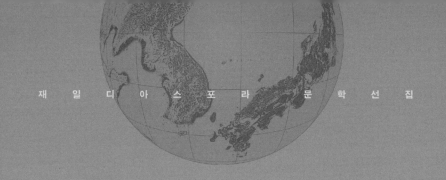

재 일 디 아 스 포 라 문 학 선 집

이용해
李龍海

이용해李龍海

1954년 후쿠이현(福井県) 출생. 시집 『서울』(1994년), 『붉은 한글강좌』(1998년). 소설 『만다라 달이 아름다운 밤』.

서울

머리 위, 끊임없이 날아다니는

몸길이 20밀리미터 정도밖에 안 되는

한 마리 까만 왕파리

나의 서울이다

그 창자를 두서너 개

끌어올리면

낳은 무정란이

내일이라는 어제의

친근하고 어슴푸레한 어둠의 어둠 속에

의미도 없이 부르르 떤다

내 발밑에 묻혀있는

건조한 밤의 가쇄*

나로서는 떼어내지 못하는

그 안에 고통 없이 깃들어

접어서 작아진 미명의 소원을

빼앗아 더 오래 살터이니

있는 것과 없는 것의

경계선 근처가 휘말려 태어난

너는 깊고 마른 우물 같다

나는 쉴 새 없이 쓰러져 있다

겨울의 끝자락

바람의 계절에 찾아온

먼지투성이 사거리마다

길가가 단단한 어둠에

낡은 가드레일의 일그러진 끝부분에

들러붙은 깊은 밤의 돌처럼

내 몸은 드러누워 있다

길가를 가득 메운 통행인

사기꾼, 부패한 관리, 방화범

한 사람 한 사람의 배에 구멍이 뚫려

그 선명한 빈 구멍에

나는 쓰러져 엎어졌다

몇 백 년 동안 내 모습을 바라보고 있다

학교에서 금방 투신한

젊은이의 사체 보도사진 한구석에 가만히 앉아있는

내 망령에는 목조차 없었지만

죽음의 부재를 반증하기에는 너무나 충분했다

물 위를 떠도는

수많은 내 시체에 손을 대면
그것은 곧바로 사랑스러운 잔물결로 바뀔 테니
나는 맹목의 바닥에서 고난에 굶주려
너와의 아득한 결별을 찾아헤맨다
네가 감아올린 날카로운 철사 다발에 얽혀
용서받았지만 죄를 지은 자의 고독처럼
말을 잃어버렸다

심장을 떼어내면
거기에 남은 한 줌 어둠의 봉투 속에
네가 있다
거부와 집착을 피로 용해시킨
고통의 술
불면의 동반자
서울이여
네 여인이 아이를 잉태했다면
그것은 반드시 나일 테니
낙태수술용 침대에 눕힌 후에
다정한 이름 하나
지어 주기를 잊지 말아라

옮긴이 주

* 가쇄 : 조선시대에 죄인의 목에 씌우던 칼과 발목에 채우던 쇠사슬. 또는 그것을 써서 행하던 형벌.

결혼

—새로운 이방인이 되는 딸들에게

너는 들꽃 편지글을 쓰고 있느냐

일본글자 히라가나에 열 올리던 깊은 밤

주홍글씨에 내다버린 목숨의 암흑 속에서 나는 바란다

네 혈류의 그리운 삼박자

일직선 봄날의 번개가 열어버린 백지의 어둠에

서로 세상이라 부르던 마지막 YES

가려진 작별인사의 봉인이 있으면

네 이름의 철벽 배후를 찾고 있는데

슬픔을 알기 위한 사상이 몹시도 부끄러워

격에 맞지 않게 자멸해버린다

하얀 피도 흘리지 않고

온통 자신뿐인 사체를 꿰매는 한밤중

어떤 박복한 언어의 운명에서도

점차 네 모습을 잃어가는 것 같다

그런 돌풍 같은

한숨의 쓸쓸함에 빠지는

서로를 초월한 바닥없는 강

엇갈린 나를 넘고 너를 넘어

언어도 사랑도 환영도 하나같이 날려버리고

백혈의 관능으로 뒤틀려가는

사람이 미치는 세기말

새벽 길바닥의 시체에서 뿜어져 나오는

불같은 무의미함보다 진정으로

우리가 서로를 부를만한 현실이란 대체 무엇일까

그것을 알기 위한 미래는 어쩌면

전철이 죄다 사라진 지하철의

차디찬 결의의 빈 굴과도 같다

그 종횡하는 어둠의 풍자를

너는 오늘 하루 입을 다물었다고 빠져나갈 수 있겠느냐?

황금색 데이지꽃 색깔의 허리띠를 매는 칼새야

네 손바닥에 새겨진 감정의 각인은

지금 누구도 들여다보지 못한다

그리고 뿌리도 잎도 없는 초록의

손톱만큼도 책무가 없는 사랑에

그 불복의 행(行)들이 유죄임을

내 식어버린 손도 알지만

봄날의 번개 번뜩이는 축하의 탁자에 바람이 일어

날이 밝아도

분개한 전설과 죽음의 예언은

국경 마을에 방치되어있다

건널목 차단기는 오래전에 고장이 났고

적자투성이인 우리의 근대를

향기 나는 너의 그 편지의 봉인을

오늘 아침 어떤 목에 걸면 좋을까

검푸른 하늘 끝의

불우한 별자리에 맹세한 내 하찮은 밀약과

오선지에 기록된 자유에 대한

노래를 잃은 최후의 맹세

그것이 우리의 고통스런 언어

그 근원적인 어둠이라면

잊지 마라

오십 년 후, 모두가 사라진 거리를

마름모꼴로 접힌 어두운 군락처럼 오가는 사람들

쓸어버릴 만큼 많은 인류가 있음을

그 자들은 증오의 법문을 연마해 목숨을 부지하려고

훌륭한 혈통 그 악마의 가면마저 벗어던지고

오늘도 우리 등 뒤에서 국적의 순위를 날조하고 있다

주문 섞인 속이 빤히 들여다보이는 놈이다

'나쁜 것들을 말끔히 씻어내 주세요. 깨끗이 해 주세요'[*]

신사의 신관 입법재량이 곪아터졌어

오하라이바코*의 우리들의 주관을 지금 당장 돌려줘

우리들 꿈의 묘지를 백 년간 청소하라

조선을 불제* 아시아를 불제

깨끗한 국화의 각인으로 누구를 죽인거야?

그 자들을 웃게 해서는 안 된다

그 자들의 얼굴에서 피에 굶주린 미소를 벗겨내어

그리고 앞으로 너의 눈물샘을 세는 일이

우리에게는 완벽한 패배임을 선언하자

떠들썩하게 웃는 웃음처럼 질풍처럼

아득한 사막의 운하의 물 흐르는 소리가 너에게도 들릴 것이다

마름모꼴로 접힌 국경의 블라인드 너머로

우리들은 두 통의 새로운 백지 편지를 써야만 한다

칙칙한 거베라* 꽃 위에

빛이 새벽이 오는 불안한 숨결을 가득 채워도

결국 꾸지 못했던 꿈과

그 누구에게도 닿지 못했던 고백을

멀리 멸망한 우주의 파란 조각처럼

분명 너는 기억하고 있다

부드러운 아침, 아이들의 미지의 배 밑바닥에

엄마로서의 입맞춤이 전해져온다

그렇게 믿고

네 들꽃의 편지를 쥐고

나조차도 없어진 백혈의 거리를

너에게 인사를 보내며

혼의 지급을 거절당한 망령처럼 달려서 빠져나간다

나는 분명 이 천황제국의

아름다운 불치의 병명이다

옮긴이 주

* 나쁜 것들을 말끔히 씻어내 주세요. 깨끗이 해 주세요 : 일본어는 '하라이타마에 키요메타마에 (ハライタマエキヨメタマエ)'이며 모든 것을 깨끗이 한다는 뜻으로, 신사에서 기도할 때 쓰는 말. 몸과 마음을 깨끗이 함으로서 죄나 더러움을 털어낸다는 개념.
* 오하라이하코 : 쓸데없는 것을 버리는 일.
* 불제 : 축문 또는 속죄하기 위하여 내는 물건.
* 거베라(gerbera) : 엉거싯과에 속하는 다년생 숙근초(宿根草). 남아프리카가 원산지.

기억의 배

아무도 살지 못하는 집에 살고 싶다

우비가 걸려있다면 그걸로 족하다

아무도 살지 못하는 새벽 3시에는

항상 땅 끝 냄새가 나는 비가 내린다

아무도 들어가지 못하는 도서관의 책은

두껍고 온통 오물 투성이겠지

빗방울 같은 문자의 배후로

끊임없이 미소를 지으며 만나고 싶다고

사랑으로 무너진 얼굴을 하고 중얼거리는 사람은

세상에서 가장 멀리 떠나서 죽은 여자일까

딱따구리 닮은 달의 눈빛으로

이별은 되풀이되고 정체되었다

이 세상에서 사라진 별들의 위치로

밤의 뼈는 격렬하게 가속하는 백혈의 수로와 같다

빵 속을 떠도는 무수한 배들

눈동자가 쏠리는 모래땅에

목숨을 앗아갈 만큼 센 바람이 불면

다 잊을 수 있지만

멀리멀리 들리도록 날카롭게 비명을 질러

새벽의 숨통을 재빠르게 눌러

내일이 물방울처럼 떨어진다 해도

한층 한결같은 침묵을 확인하고

날카로운 새벽녘에 바람의 윤곽을 연주한다

친구여 흘러가는 레인코트를 그곳에 걸고

거친 기억 끝의 바닷가에서

또 다시 꿈처럼

이야기하자

재 일 디 아 스 포 라 　 문 학 선 집

이우환
李禹煥

이우환李禹煥

1936년 경상남도 출생. 1956년 일본으로 건너감. 1960년
대 후반부터 화가로서 국내외에서 작품 활동을 시작하여 국제
적으로 폭넓게 활동. 2001년 제13회 '세계문화상' 수상. 시집
『멈추어 서서』(2001년). 산문집 『만남을 바라며』, 『시의 떨림』,
『여백의 예술』.

조각

나는 항상 흔들리기를 소망한다.

예를 들어 자연에서 빌린 돌을 다소 인간적인 측면으로, 인공적으로 만들어진 철판을 반대로 자연적 측면으로 유인하는 방법으로 나를 흔들어본다.

그렇게 하면 나와 돌과 철판의 조합은 제각각의 왜곡과 엇갈림이 일어나고 그곳에는 형언할 수 없는 공진(共振)의 세계가 펼쳐진다.

나는 거역할 수 없는 떨림 속에서 흔들리지 않는 커다란 공간을 본다.

긴자銀座*

나는 긴자를 걸을 때면 마음속으로 적막한 사막을 그린다. 건물이나 간판, 사람들, 차들, 온갖 것들이 욱시글거리며 꿈틀대고 있는데도 말이다.

이 거리가 통일되지 않고 혼잡스러워서라기보다는 아마도 어떤 것의 부정확함, 무한한 가변성의 여지라고 할 수 있는 표정이 풍부하기 때문일 것이다.

자연과 맞서나가고자 하는 부동의 의지보다는 언제가 혼돈으로서 무너지고, 끝내 허무의 장소가 되리라는 예감이 감돈다.

그렇기에 긴자에서의 산책은 나라는 존재 또한 다른 먼 사막으로 가는 여정이며 끝내 하나의 파편으로 귀결되리란 사실을 조금씩 확실하게 알려준다.

옮긴이 주
* 긴자(銀座) : 일본 도쿄 시내에 위치한 고급 번화가.

두 의미의 눈

뉴욕의 엠파이어스테이트 빌딩의 옥상에서 거리를 내려다보면 건물과 거리가 바둑판처럼 줄지어 있어 깨끗하게 잘 정돈되어 보인다. 명쾌하고도 기계적인 도시 구조가 아름답다. 한편 이것이 만들어낸 질서는 어딘가 지나치게 확고하여 광기에 찌든 듯도 보인다. 한동안 보고 있으면 이렇듯 정돈된 거리에서 뒤죽박죽으로 섞여 있는 인종의 역동적 다양성이라든가 백일하에 드러나 있어도 어두워 보이고 영문 모를 미궁을 헤매는 인간들이 눈에 들어온다.

부산의 용두산 정상에서 거리를 내려다보면 건물이나 거리가 아수라장으로 붐비고 모든 것이 혼잡하다. 무계획적이고 난잡한 도시 구조가 볼썽사납다. 한편 이렇게 될 대로 되라는 식의 혼돈은 어딘지 무한한 변화의 징조를 품은 듯 묘한 자유로움마저 느껴진다. 한참동안 바라보고 있으면 내 눈에는 이렇듯 엉망진창인 거리에서도 골목 구석구석 바람이 들고 해가 비추이고 따뜻한 인사를 주고받으며 오가는 성실한 사람들의 몸짓이 보인다.

보이는 것 중심의 도시구조 드라마라는 관점에서 본다면 뉴욕의 감추어진 부분이 부산에서는 드러나 있고, 부산의 감추어진 부분이 뉴욕에서는 드러나 있다. 깔끔하게 정리된 광경을 보면 그곳에서 지워진 혼돈을 찾아보려고 하고, 제멋대로인 혼잡한 광경을 보면 그곳에서 보이지 않는 질서로 시선이 움직인다. 눈의 웅숭깊은 역할은 존재하는 것을 그대로 좋아하기보다, 존재하는 것에 존재하지 않는 것을 겹쳐 보려고 하는, 시선의 양의(兩儀)적인 움직임에 있지 않을까.

백자 항아리

백자 항아리를 보고 있으면 순수한 예감 속을 파고든 듯하다. 무언가가 기필코 오려고 하는지 떠나려고 하는지, 불가사의한 분위기에 주변의 공기가 떨린다.

항아리는 어디쯤에 있을까. 거기, 아니 그 너머인가, 아니, 아니 조금은 가까운 곳에. 바라볼수록 모호한 모습으로 한없이 크게 부풀어 오른다. 분명한 대상이 있지는 않다. 물체와도 관념과도 얽히지 않은 형언하기 어려운 세계를 호흡하고 있다.

몸통에 비해 조금 가늘고 높은 굽에 낮고 크게 벌어진 주둥이. 하얗게 윤이 나는 부드러운 촉감과 긴장했다가 툭 터놓는 고저강약 리듬의 둥근 모양새. 아득한 세월을 품고 있다. 수많은 얼룩과 상처의 흔적. 흙과 사람과 세월이 서로 어떠한 부름과 거부의 전개를 펼치면 이러한 조선이 되는 것이냐.

두 손 가득 움켜쥐면 손가락에 온몸에 머리 위로 넘치는 사랑. 눈을 감으면 항아리 안에서 한없이 흘러넘치는 것이 있어 끌어안은 사람의 혼을 적신다. 어떤 연유인지 흰 항아리가 소리 없이 운다.

뉴욕의 지하철

정신 사납도록 빼곡하게 그려진 낙서, 머리가 어지러워지는 냄새, 덤벼들 것 같은 짐승 무리……. 뉴욕의 지하철에는 말도 안 되는 이상한 공기가 소용돌이친다. 시멘트와 콜타르로 덕지덕지 마구 칠한 캔버스를 빽빽이 장식해놓은 공간에 작가로 보이는 여자가 칼인지 뭔지 날카로운 것으로 얼굴이며 전신을 여기저기 찢어 피투성이가 되어 앉아 있다. 조금 전 화랑에서 보았던 화가의 퍼포먼스가 마치 지하철에서도 그대로 계속되고 있는 것 같다.

나로선 감당하기 힘든 이러한 폭력과 광기의 출구는 어디인가? 하지만 도망치지 못하고 필사적으로 지하철로 갈아타자, 어느 새 전차는 내 몸 속을 뚫고 지나가고 있다. 어디서 왔는지 이 기분 나쁜 선로가 내 속으로 연결되었다. 아니나 다를까 옆자리 괴물이 거친 숨을 내쉬며 뭔가 중얼거리며 내게 입술을 포개어오고 간담이 서늘해져 오줌을 지린다. 이상하게도 공포는 이윽고 정체 모를 엑스터시의 큰 강을 불러낸다. 이 강물은 서서히 모든 것을 삼키고 결국에는 크나큰 해방의 바다에 닿아 흘러 넘친다.

평화로운 도쿄에서 작품을 만들고 있으면 왜인지 그때의 불가해한 경험이 되살아난다. 그리고 내 몸짓은 예측하기 힘든 행동의 색조를 띤

다. 쿠궁! 무딘 금속성 소리를 내며 내 안으로 뉴욕의 지하철이 뚫고 지나간다.

일봉

포르보론*

개선(凱旋)비행

잘 싸우는 아이가 잘 자란다

소아병동

일봉본명 : 김일봉金一峰

1978년 효고현(兵庫縣) 출생. 고교 재학 시에 시 창작을 자기 표현의 방식으로서 선택. 미국과 영국 유학에서 연극, 무용, 퍼포먼스 등 무대 공연을 배워, 2000년경부터는 스스로를 시연가(詩演家)라고 칭하며 시의 무대표현을 필생의 작업으로 삼음. 시집 『미아방송』(2007년) 출간. 인터넷 사이트 '미아방송(迷子放送, http://maigo-hoso.perma.jp/)을 통해 독자와 폭넓은 소통을 하고 있으며, 2010년부터는 gallery yolcha를 운영하며 아티스트의 전시회와 음악공연 등 다양한 이벤트를 기획하고 있음.

포르보론*

그 사람에게서 받은 나의 행복은
내 혀 위에서 풀리어 갔다

그러자

내 혀 위에서
그 사람의 행복도 풀리어 갔다

뒷맛이 남지 않는 행복은
확실히 사람을 행복하게 해준다

포르보론은 스페인 안달루시아 지방의 과자
'포르보'는 가루, '론'은 후르르 무너진다는 의미가 있어
아주 후르르 무너지기 쉬운 과자다

입속에 한 알 넣고
'포르보론, 포르보론, 포르보론' 하고

입에서 흘리지 않게 세 번 말하면 행복해진다고 한다

가만히 한 알을 입에 물자
어느 시의 한 구절이 생각난다

이바라기 노리코[*] 시인의
'떨어진 열매'라는 시

—'떨어진 열매'
　　일본과자 이름에 붙이고 싶을 만큼 다정한 느낌—

포르보론이라고 말하는 것도 잊은 채
힘들게 견디고 있던 내 행복의 씨앗은
다정하게 입속에서 떨어진 열매라고 말했다

그리고 알아차린 것은
아직 나는 다정함을 알고 있고
그것이 무르다는 것도 알고 있다는 것

혀 위에서
쉽사리 가루가 된다는 것은

단순한 행복이 아니었다

그저 그런 행복의 무릎도 아니었다

확실히 행복한 무릎이었다

옮긴이 주

* 이바라기 노리코(茨木のり子, 1926-2006) : 일본의 시인, 에세이스트, 동화작가, 각본가. 일
제강점기와 전후의 사회를 새로운 감각으로 그려낸 서정시 다수. 주요 시집에 『진혼가』, 『보이
지 않는 배달부』 등. 국어 교과서에 게재된 「내가 가장 아름다웠을 때」는 이 시인의 유명한 시
작품 중 하나. 50세인 1976년부터 한국어를 공부하여 1991년에 번역한 『한국현대시선』으로
'요미우리(読売)문학상(연구·번역부문)' 수상. 윤동주 연구와 소개에도 힘을 기울여 1990년
부터 일본의 고등학교 교과서에 윤동주의 대표시 4편과 이 시인의 윤동주 관련 에세이가 11페
이지에 걸쳐 수록됨.

개선凱旋비행

어머니인 별에 비단으로 치장하고
나는 저 반도의 한가운데를 목표로 해서
우주선에서 몸을 달렸다

나는 광속으로 불타면서
38도선 위에 떨어졌다
내 모습 그대로 국경에 처박혔다

머리는 북쪽을 향해
다리는 남쪽을 향해
온몸에 이 별의 기억이 처박혔다

내 위를 바람이 달린다
내 아래에서 과거가 소리친다

내 피가 실개천이 되어
지구에 스미는 것을 보았다

안녕하세요
북쪽의 국경 수비대 여러분
안녕하세요
남쪽의 국경 수비대 여러분

나는 망명자가 아닙니다
나는 당신들의 국경입니다
하늘에서 내려온
그저 재일교포입니다

위를 향해 나뒹굴고 있는데
태양이 웃고 있다

저것은 북쪽의 태양인가
아니면 남쪽의 태양인가

잘 싸우는 아이가 잘 자란다

응애! 하고

이 세상에 태어나면 단 하나

서툰 천사 연기를 하자

탁아소는 목숨의 도박장이다

다투는 아이가 잘 자란다고 가르쳐 준 사람은 누구인가

생활, 이것은 세습제 패럴림픽*

나날, 이것은 네 발 보행의 지구 로데오*

탁아소 보모와 미래 빌려 오기 경쟁이다

나는 운명의 턱받이를 빌렸다가 손해를 봤지

이 세상은 노려보는 눈싸움놀이 천국이다

인사 대신 애정을 붙잡아야 해

내 미소는 보디블로*

울고 떼쓰면 인생은 내게 인사를 하지

그대의 속옷이 되고 싶다고 노래한 가수가 있었지만

베이비, 나는 네 기저귀가 되고 싶어

두 살배기 아이는 링네임*을 부여 받는다

세 살배기 아이는 가족에게 서비스하다 순직한다

쓸모없는 스턴트맨은 올해로 네 살

유아학대 붐으로 떼돈을 벌었다

갑작스런 첫 봄바람에 내 모자를 넓은 하늘에 빼앗겼다

바람의 맞장구에 설레겠지

가엾은 녀석은 어린이공원에서 이리저리 끌려다닌다

분수에서 간살부리는 웃음이 흘러넘친다

또 어딘가에서 유치원 원아들이 순직한다

나는 좀 더 현명하게 살 생각이다

부모님의 놀란 얼굴에 놀라는 척 해야지

생각해 보면 내 출생신고는 선전포고였다

옮긴이 주

* 패럴림픽(Paralympics) : 지체 부자유자의 장애인 올림픽 대회.
* 로데오(rodeo) : 길들지 않은 말이나 소를 타고 굴복시키거나 버티는 경기.
* 보디블로(body blow) : 권투에서 가슴 · 복부를 세게 타격하는 법.
* 링네임(Ring name) : 권투선수, 프로레슬러, 킥 복서 등의 선수들이 링에 오를 때 사용하는
   가짜이름.

소아병동

나를 보자
얼른 등을 돌리는 너

"오늘 저녁은 애리조나 스테이크로 먹을까"라고 말하자
"애리조나가 어디야"라며 조금 웃었다

"힘들어?"라고 묻자
"응" 대답하고 너는 울었다

일부러 빌려 온 지구본을 놓고
애리조나 위치를 알려주려 했을 때

마침 그 구체의 블라디보스토크 부근에
네 눈물이 떨어졌다

나도 울고 싶다

회사는 아직 일 년차라서 휴가 신청서도 못 내고
오늘은 내 생일인데 야근이야

이 말이 나오려는 걸 꾹 참고

"애리조나 스테이크 먹자"
라고 말하며 나는 웃어 보였다

울음을 그친 네가 말했다
"일본은 아주 작은 나라잖아"

네 전이된 암은
이 지구상의 어디쯤에 있을까

나는 가만히
대기권 밖에서
너를 껴안는다

전미혜
全美恵

전미혜全美惠

1955년 도쿄 출생. 이화여자대학교 중퇴. 시집『우리 말』(1995년).

비빔밥 파티

"일본인 학교는 무슨!"이라고 아버지는 반대하고

"남자니까 뭐 좋지 않을까요?"라고 어머니는 주장하여

동생은 아자부(麻布)중학교에 원서를 냈다

어머니는 밑져야 본전, 실패하면 그대로 계속

한국학교에 다니지 뭐, 라며 맘 편하게 결정했다

그런데 동생은 거뜬하게 합격!

어머니는 깜짝 놀랐지만

아버지는 오히려 자랑을 하고 다녔다

동생은 우리말을 모르지만 필요성도 불편함도 없을 것이다

동생은 김치를 안 먹는다 하지만

중1 지리시간에 '다케시마'를 '독도다!'라고

가슴을 펴고 당당하게 말한 모양이다

일본에서 살아가는 사람들에게

우리말이 반드시 필요조건일까?

5년 만에 외국인등록증을 갱신하러 구청에 가서

여동생도 나도, 귀하고 싶어 하시는 어머니도

아무렇지도 않게 지문을 찍었다

동생은 지문등록반대에 사인했다고 한다

"어디서?"

"역 앞에서."

"사인을 받는 사람이 교포였어?"

"아니. 일본사람 같았어."

왜? 일본사람인데 이 추운 날 길거리에서

고생하며 이토록 애써주는 걸까?

감사를 표해야겠다는 생각도 들었다

교류라는 게 대체 무얼까?

친선을 모른 채

나는 장을 보러 나갔다

시금치랑 콩나물, 고비나물이랑 쇠고기를 사왔다

밥을 넉넉하게 짓고 미역국도 한 솥 가득 끓였다

고추장도 챙겼다

오늘은 남편의 형제들이 놀러 오는 날,

입에 안 맞을지도 모른다며 줄곧 사양하는 그들에게

맛만 보라며 권했더니 맛있다고 한다

"이 국은 한국에선 경삿날에 끓여먹어요.

미역국이라고 해요."

나는 신이 나서 말했다

"비빔밥의 비빔은 '비비다'라는 뜻이랍니다. 그러니까

비벼 먹는 밥. 밥에 고추장을 넣고

참기름을 한 두 방울 떨어뜨려 비벼서 드셔보세요."

미소까지 곁들이며 설명했다

나는? 이라고 시를 쓸 때의 나

나는 자이니치(在日, 재일교포)거든요 라고 말할 때의
내 마음은 어디에 있는 걸까

나는 자이니치거든요 라고 내가 말할 때
왜 내 목소리는 그다지도 작아지는 걸까
나는 조선사람이에요.
저는 한국사람입니다 라고
말할 때와는 왜 달라질까

내가 자이니치거든요 라고 말할 때
사람들의 반응은 신기할 만큼 가지각색이다
동정어린 눈빛으로 받아들이는 사람
난 전혀 마음에 두지 않아요 라고 강력하게 말하는 사람
그건 그렇다 치고 절대로 비밀은 지켜주겠다는 사람
미안하다고 사과하는 사람
그게 뭔데? 라며 어리둥절해 하는 사람
그럼 언젠가는 돌아가겠네 라고 하는 사람

대단하시군요 라고 칭찬하는 사람

연예인은 그쪽 사람이 많지요 라고 하는 사람

일본에 왜 사는 거야? 라고 물어보는 사람

언제 일본에 왔어요? 라고 물어보는 사람

그리고 이야기를 듣고 싶어 하는 사람들

학대받은 이야기를 기대하고

따돌림 당한 이야기를 듣고 싶어 하고

어떤 차별을 겪었냐며 궁금해 하는 사람

왜냐하면 남의 불행은 나의 행복이니까

그래서 꿀맛을 느끼고 우월감을 느끼는 사람

그때는 "그렇구나"라며 가볍게 흘려듣는 척해놓고는

다음날 길에서 만나면 모른 척하는 사람

괜찮아 말을 안 하면 아무도 몰라 라며 귓전으로 듣는 사람

되도록이면 남에게는 알리지 않는 게 좋다고 소곤거리는 사람

최근에는 일본에서 한국이 넘쳐난다

한국음식과 텔레비전 여행프로그램, 드라마와 영화

분명 한국 붐인 거 같은데

나도 한국인이야 라고 말하면

어! 다르잖아! 자이니치잖아

'넌 한국사람이 아니지'라는 표정을 느낀다

그때서야 내가 자이니치임을 깨닫는다

조선사람이라고 말하면

'기쁨조'가 유명하지. 잘 알고 있어 라며 자랑하듯 말하고

당신도 탈북자야? 설마 그럴 리 없겠지? 라며 웃는다

한국말도 못하고 김치도 먹을 줄 모르는

그런 인간을 자이니치라고 부를 수 있단 말인가?

구체적으로는 뭐가 어떻다는 것도 아니고

내 생활 전부가 자이니치일 리도 없고

나는 귀화해서 일본국적인데도 일본사람이 아니고

그렇다고 한국에 가면 한국사람도 아니고

어느 나라 사람이냐고 물으면

역시 한국사람이라고 대답하니까

괴로운 추억도 힘든 경험도 사실은 그다지 많지 않고

우호적인 사람만 어울리고

편한 쪽과 부담 없는 쪽을 택해 살아왔다

그렇게 살아갈 수밖에 없었다

심각하니까 심각한 얼굴을 숨겼고

슬프니까 눈물을 감췄다

⋯⋯라고 쓰면 되는 거지? '여기'는

⋯⋯라고 시를 쓸 때의 나는

난 그때만 자이니치일지도 모른다

내 마음은 '여기'에만 있을지도 모른다

— 전미혜 시 전문. 본인 번역

재 일 디 아 스 포 라 문 학 선 집

정인
鄭仁

정인鄭仁

1931년 오사카시(大阪市) 이쿠노구(生野区) 출생. 김시종, 양석일과 더불어 시문학지 『진달래』, 『카리용(Carillon)』에 참가. 시집 『감상주파(感傷周波)』(1981년).

의자와 투신

담뱃가게 모퉁이를 돈다
상점가를 가로지른다
꿈속의 꿈속 고향에서
더욱 멀리
일본인의 그림자 속의 그림자가 되어
찻집 출납장이 된다
모방한 어제인 까닭에
내일도 시시하게 찾아온다
간판 같은 아침
이십 년 세월을 교활하게
주조(鑄造)한다
하루의 좌상(坐像)

당신은 때로
겁 많은 위의 내장을 비틀어
작은 바람구멍을 낸다
활자가 부유하는 항구에 잠시 멈춰 서서

종이 코르크 마개를 비튼다

손가락의 무의식에서 흘러나와

볕의 파편들이

밤의 지평선 깊숙이 가라앉는다

당신은 의자

줄곧 기다리는 의자

떠나가는 의자

우아한 의자에는 여자가 머물겠지

썩어 짓무른 영혼의 냄새를 상상해보자

의자에 추파를 던지고

건망증이 심해지고 비정상적으로 비대한 복부를 안고

당신은 왔던 길을 다시 돌아간다

우정처럼 전신주를 헤아리겠지

상냥함이야말로

굶주림

시효가 걸린 범죄

과도한 무지일지도 모른다

*

추운 2월의

찻집은 샹들리에가 밝고
난방으로
융단이 붉게 탄다
기분 좋은 열기에 떠밀려
한 장 또 한 장
녹즙을 떨어뜨리며
빗방울처럼
투신하는 녀석
어린 여자들이 재미있어 하며 참호에서 건져낸다
발가벗겨져 가는 라니마로 나무여
떨어져라
떨어진다!
나락까지 떨어져라
말뚝 하나

비둘기여, 잠들지 마라

아이들도

아내도 모두 떠난

텅 빈 방에

뼈의 캐스터네츠가 울린다

육체는 헛된 무대장치다

모형 정원의 초록

꽃은 시들고

대뇌피질의 부드러운 거울에

정체 모를 곤충 무리가 기어오른다

과거의 먼 하늘에서

우유부단한 새가 날아 와

그 놈을 쪼아 먹는다

거울은 알몸

유리는 흐린 하늘이다

의미 없는 음악이 빚어내는

한낮의 고요

다정한 남자의 죽음이

물질의 그늘이 되어 쓰러져있다

어딘가에서 소년의 장난감이 떨어진다

머지않아 수수께끼의 정보를 타고 장의사가 오겠지

스치는 바람은 경적이야

먼지를 뒤집어쓴 캔버스 같은 자유로움

누구에게도 보이지 않고

누구에게도 허락받지 않고

누구에게도 명령받지 않는

그렇기에 황야의 한 마리 개처럼

환시(幻視)의 모래다

굶주린 신을 닮아

그래 체조를 시작하자

일어서서

육체를 회복하자

우스꽝스러운 사랑의 후렴구

자동장치의 악의(惡意)

웃음이 복받치는 코끝에

긴 코드선이 뻗어나가

전화가 울린다

신기한 최면의 미소로 연결된다

거품이 이는 도시

거품이 이는 질투
그리고 거품 이는
위장색의 옷을 껴입고
차갑게 기울어진 거리로 달려 나간다
텅 빈 방에
풀 먹인 하얀 시트가 길게 늘어져있다
비둘기여, 잠들지 마라

감상주파

흐린 날 해안선에
방파제 길게 물결치고
뜻밖에 나타난 가난한 마을이
흐늘거리는 바람에 몸을 맡기고 있다
수상쩍은 아이들의 시선
버려진 차에
양미역취 풀이 무리지어
방파제에 구멍을 뚫고
배수구가 입을 벌린다
거품 이는 끓는 물이 소리를 낼 때마다
모래밭은 지나가버린 것들과
미래에서 온 티끌로 더럽혀지고 있다
어제의 서재에서 잠든 푸른 바다
회색 물을 일으켜라
오점처럼 떠 있는 어선
바다는 태만한 복부에 지나지 않아
아득히 먼 짙은 비구름 속으로 사라지는

수평선의 해안

이렇게 바다에 멈춰있는 것은

이미 감상적인 소비

수정체는 우연한 휴식에 지나지 않고

초점이 맞지 않는 광고 영상처럼

무엇에도 구애받지 않을

투시의 어둠을 갖지 못하고

다만 오로지

물질의 빛 입자와

운동의 형체를 반영할 뿐

피는 전율을 모르기에

설사약을 먹은 전화기처럼

불쾌하다

수평선의 절벽에 겹치는 또 하나의 수평선

근질근질 가려운 수수께끼

티격태격하는 눈물이

거뜬히 무너지고

익사한다

빛과 어둠

바람과 흙덩이

날아오르는 것

추락하는 것

곤충이나 새들

긍지의 착란을 두 팔로 끌어안고

어두운 해변에 버려진

이름 없는 전사여

권모술수의 돌을 등에 업고

친지와 가족을 증오하는 미명으로

기록도 남기지 않고 사라진 우정

그네처럼 흔들리는 연금생활자의

미지근한 계절의 한 가운데

헤지고 닳은 구두가

부패한다

제방에 홀로 앉아

낚싯대를 드리운 녀석이 있다

당장에라도 바다 그 자체에 녹아들어 버릴 듯한

등의 예감

비가 내린다

아이 못 낳는 여자

그녀는 의식하고 있다.

몇 십, 몇 백, 몇 천, 그리고 일본의 모든 골목의 눈을.

업신여김이나

날카로운 적의.

기대와

단순한 호기심과

때로는 근심에 찬

눈빛.

그 모든 것을 받아들이고

무거운 세월을 잉태하여

하복부는

부재중인 남편을

찾고 있다.

태양처럼 낭창낭창한 그녀.

이미 습관에 지나지 않는

애무에 몸을 맡기고
오늘도 살의처럼
몰래 숨을 삼킨다.
닳고 닳은 사랑의 말인데도
그럼에도 뱃속에 아이가 들어선다.
나이프처럼
고독한 의식.
소년처럼
상처 받지는 않는다.
청년처럼
의심하지도 않는다.
그는 창조자다.
오로지
불사신 농부와 같은 손으로
암흑의 캔버스에.
신처럼
산달이 된 여인을 꿈꾼다.
뱀처럼
몸을 푼다.

언젠가
나는 황폐한 아틀리에에서

그의 로맨스를

들었다.

하복부를 쓰다듬으면

생명의 기척이 느껴진다고 했다.

돼지 족발을 뜯어 먹으며

희번덕희번덕 흥분하기 시작했다 그 남자.

유방과 피부의 부드러움에 대해서

아름다움에 대해서

능력

빈곤의 역사

그리고 미래에 대해서.

너무 많이 알게 되었다.

밤의 비밀스러운 이야기마저도 열정적으로 들려주었다.

그녀와 간통해야지

무뢰한 상상으로 혼자 싱긋거리며

나는 생각했다.

표정 뒤에 있는

눈동자를.

여름과 소년과

외지 마을에서

소년은 대나무 숲에 몸을 숨기고

유독 투명하고 맑은 강물에

낚싯줄을 드리운다

작은 물고기 한 마리 잡히지 않는 일과다

올려다 본 돌다리

여름구름*이 군함처럼 천천히 움직인다

흙먼지 이는 길고 허연 시골길

낙하하는 태양을 뒤로 한 채

대나무 장대를 등에 맨 소년은 돌아간다

타인의 저녁밥

거꾸로 뒤집힌 여름

소년의 대나무장대에 태양이 걸려있다

못 믿겠다는 얼굴로

촌스러운 옷차림의 부인이 낮게 중얼거린다

낚시감은 크고

소년은 무의미한 장대에 지나지 않아서

태양이 소년을 낚아 올려준 게지

돌아온 소년의 도시는

악몽의 잔해로 뒤덮였고

부서진 잔해의 어둠속에서

보이지 않던 소년들이 무리지어 모여든다

태양과 함께하는 현기증 나는 축제다

그저 앵무새처럼

낯선 고향의 노래를 따라 부른다

또다시 속임수의 여름이 왔다

고향의 노래는 부서진 잔해에 묻혔다

소년의 도시는

잔해의 악몽을 긁어모아 돌집을 지었다

밤이 되면 태양이

타인의 하늘로 사라지는

조숙한 밤

소년은 조금씩 실연(失戀)을 알아가듯

세상을 알아가기 시작했다

떠오르는 태양

낙하하는 태양

눈물로 보이지 않는 태양

수많은 여름이

배, 비행기, 전차처럼 통과했다

소년은 부끄러운 듯 어른이 되어

어느새 타인의 모습을 띠게 되었다

1980년

또다시 군복을 입은

여름

죽음의 향수를 뿌리고

소년을 가두었던 지하 감옥

태양은 상복을 입는다

축제의 산에도

바다에도

나가는 일이 없었다

아침 식탁에 달걀이

유실물처럼 놓여 있다

옮긴이 주

* 여름구름(夏雲) : 일본어로 '나쓰구모'라고 발음하며, 일본제국주의의 해군 함선 이름. 1942
년 태평양전쟁 당시 미군기에 의해 침몰. 전후에는 일본자위대 호위함의 함선 이름으로 사용.

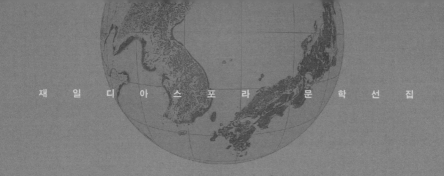

재 일 디 아 스 포 라 문 학 선 집

정승박

鄭承博

그때와 똑같이

그저 울었다

바지락

정승박鄭承博

1923년 경상북도 안동 출생. 1933년 일본으로 건너감.
1944년부터 아와지시마(淡路島) 섬에 거주. 1971년에 소설
『알몸의 포로』 발표. '농민문학상' 수상. '아쿠다가와상(芥川
賞)' 후보에 오름. 소설, 수필, 시, 일본의 전통시가인 센류(川
柳) 등 다양한 문학 작품 집필. 시편은 1993년에 출간한 『정승
박 저작집 제3권 어느 날의 해협』에 수록됨. 2001년 작고.

그때와 똑같이

해변의 작은 역에 내려섰다
선로는 다시
깊은 물길을 통과하고 계곡을 가로질러
짧은 철교 너머의 터널로 이어져있다

나는 플랫폼에 잠시 멈춰 서서 바라보았다

몹시도 그립다
오른쪽과 왼쪽을 돌아보고 사방을 둘러보았다
산도 해변도 여전히 그 자리에 있고
졸졸 흐르는 개울도 예전 그대로다
이 철도를 깔 때 현장합숙소가 있던 곳은
저 언덕 위다

소년 시절
나는 그곳에서 밥을 지었다
때 묻은 옷에

발이 절반은 삐져나온 찢어진 신발을 신고
지저분했던 그 시절의 내가
당장이라도 어디선가 달려 나올 것만 같다

바다에서 비릿한 바람이 불어왔다

바닷바람도 사십여 년 전과 똑같은 냄새다
이 바람을 맞으며
여럿이 일했다
이 씨, 김 씨, 권 씨……
날이 저물면 아무것도 안 보이는 야맹증 박 씨가
삼태기를 메고 추락사한 곳은
저 낭떠러지 아래다
거기도 그때와 똑같이
여전히 태평양의 거센 파도가 밀려왔다

나는 이렇게 살아 있소
박 씨, 당신은 그때
눈 깜짝할 사이에 죽어버렸지
그런데 결국은 그 편이 더 현명했어
좋은 옷을 입고 찢어지지 않은 신발은 신고 있어도
살아가는 고통은 지금도 전혀 변함이 없으니 말이오

그저 울었다

어느 날 텔레비전에
성묘하는 사람의 모습이 나왔다
중국에서 삼십여 년 만에
귀환한 사람이었다
연신 눈물을 훔치면서
절하고는 울고 물을 끼얹고는 울고
나중에는 묘비를 부둥켜안고는
쓰러져 울었다
아무리 울어도 울어도
더 울어도 모자랄 테지

나도 다시
몇 십 년 만에 고향을 찾았다
조선반도 벽지의 가난하고 쓸쓸한 마을이다
고개 위에서 마을을 내려다보자마자
인간에게 이렇게나 눈물이 많단 말인가 생각될 만큼
손수건을 흠뻑 적시며

펑펑 울었다

슬퍼서였을까
후회였을까
그리워서였을까
이유는 모른다
단지 어릴 적에 놀았던 강가의 모래밭을 보고는 울고
주위 산들을 바라보고는 울고
들일을 하는 사람들을
내려다보고는 울고 또 울었다

바지락

봄바람이 불고 있다
옛날 개펄에서 조개잡이를 하던 바닷가에 나가보았다
새까맣게 그을린
둑 보호용 콘크리트 블록에
오사카만(大阪湾)의 더러워질 대로 더러워진 파도가 들이쳤다
해변의 풍경은 몰라보게 달라졌다

마을로 돌아와 생선가게를 들여다보니
거기서는 변함없이
과거에 저 해변에서 주웠던 것과 똑같은 바지락을
비닐봉투에 넣어 팔고 있다
나는 물어보았다
아저씨, 이 바지락 어디에서 온 겁니까?
한국산이요 맛있다오
라고 대답한다
설마 한국에서 캔 바지락이 이 아와지시마 섬*까지 올 줄은
꿈에도 몰랐다

한 봉지 사왔다

물로 씻어내고 냄비에 넣었다 아직도 반지르르하다

불에 올려놓기엔 가엾어서 안 되겠다

나도 조선인이다

이 바지락도

한국에서 태어나 이 아와지시마 섬에서 죽는다고 생각하니

갑자기 등골이 서늘해졌다

옮긴이 주
* 아와지시마(淡路島) 섬 : 일본의 혼슈(本州), 시코쿠(四国), 규슈(九州) 사이의 내해(內海)인
  세토나이카이(瀬戸內海)의 동쪽 끝 부분에 위치한 섬. 행정상 효고현(兵庫縣)에 속함.

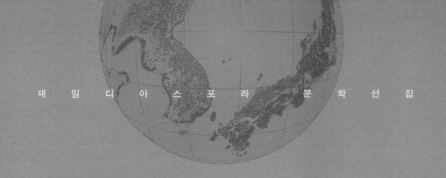

재 일 디 아 스 포 라 문 학 선 집

정장
丁章

천지에서

전제(前提)

자이니치(在日) 사람의 말

정장丁章

1969년 교토(京都) 출생. 오사카외국어대학 중국어학과 졸업. 1996년 시「동포의 맹세－윤동주의 묘 앞에서」를 연변조선족 작가협회 기관지『천지(연변문학)』에 발표하여, 1997년 제31회 '간사이(關西)문학상 시 부문' 수상. 시집『민족과 인간과 사람』(1998년),『마음소리』(2001년),『활보하는 자이니치(在日)』(2004년),『자이니치 시집 시비(詩碑)』(2017년). 에세이집『사람이 있을 자리』(2009년).

천지에서

백두산
사람의 성산이여
그 칼데라 호
천지를 향해
합쳐진 둘은
몰래 여행을 떠났다
그것은 자신을 찾는 사람의 여행
그리고 사람을 알기 위한 일본사람의 여행

둘이 묶여지는 것을
용서해주지 않은 사람들 속에
이미 돌아가신 할아버지가 있다
남자가 아직 사람이 아니었던 어릴 적에
사람으로서 얘기를 나눌 새도 없이
할아버지는 돌아가셨기에
일본여자와 합쳐진 것을
용서받을 수 없었다

어머니는 힐책한다

네가 동족과 합쳐지기를

할아버지는 얼마나 바라셨는데 라고

거부하는 어머니는 설득할 수 있다 해도

돌아올 수 없는 저 세상 사람은 설득할 수가 없다

어머니의 상처는 위로받을 수 있다 해도

죽은 자는 이제 응해 주지 않는다

둘이 합쳐진 것을 용서해 주지 않는 자들의 몫만큼

합쳐진 둘은 상처를 받았다

천지여

사람의 성스러운 원류 호수여

합쳐진 둘을 용서해 주소서

그리고 둘을 축복해 주소서

천지를 향해

몰래 여행을 떠났다

그것은 용서를 구하고 싶은 둘의 여행

그리고 합쳐진 둘의 행복을 보증받기 위한 여행

백두산의 엄숙한 봉우리를

숨죽이면서 밟아 정상에 올라
드디어 둘 앞에 나타난 광경은
젖어 있는 얇은 안개에 싸여
사유하는 원천이 고요히 누워있고

깊이 가라앉은 물가에 다가가자
호수 아래에는 작은 돌멩이들이
잔물결을 따라 흔들리며 맴돌고 있다

마치 뼈 조각 같다

지난날 화장터에서 주워 담은 할아버지의 뼈를
사람은 일본사람과 함께
오늘 다시 천지에서 줍는다

천지의 작은 돌멩이를 내내
둘은 손에 쥐고 있다

천지여
사람의 성스러운 원천이여
합쳐진 두 사람을 용서해 주소서
그리고 둘을 축복해 주소서

전제 前提

인간으로서 대전제가 없는 자가
같은 인간이라며 손을 내민다 한들
곤란합니다

인간임을 획득은 했으나 인간이 아닌 자가
아무리 인간이라고 외쳐대도
그처럼 겉으로만 인간인 자와
손을 잡을 만큼, 슬픈 이야기지만
낙천적인 인생은 아닙니다

기대가 어긋남은 기대를 품었기에 생기는 일이므로
쉽사리 기대를 품지 않기로 했습니다
각오가 부족한 자와 손을 잡았다가
나중에 폐 끼쳤다는 말을 듣는 것만으로도 고통입니다

완전한 인간은 이 세상 어디에도 없지만
그 배경에 펼쳐진 역사를 넓게 내다볼 마음조차 없는 자와

어찌 악수를 한단 말입니까
사교적으로 하는 악수인가요 아니면 강요의 악수인가요

인간이라는 자각을 회피하는 자가
미래를 내다본다 한들 거기에는
피가 통하는 상상도 아니고
그저 무감각한 공상 만이 보일 것입니다

인간임을 전제로 해서 인간이고 싶다는 외침이 있고
그 의욕의 외침이 스스로를
완전한 인간이라는 방향으로
이끌어갑니다

스스로 불완전하다는 꺼림칙함을
받아들일 수 없어서
도망치려는 자가
손을 내민다 한들
곤란합니다

자이니치在日 사람의 말

자이니치 사람의 말 그것은
결코 돌아갈 수 없는 일본어와
영원히 도달할 수 없는 우리말로
엮어낸
새로운 언어

일본어라 해도 일본어가 아닌
일본어에서 삐져나와 있고
일본어로 파악하려 해도
파악할 수 없는
사람의 일본어

우리말이라 해도 우리말이 아닌
사람의 우리말은
우리말을 높이 올려다보고
멀리 바라보고 있는 만큼
낮고도 가까이

발아래 뿌리 깊은 곳에서
싹터서 자라난다
새로운 변종
예를 들어 못나고 모자라도
꿋꿋한 우리말

일본어를
　　닮지 않은 아이
　　　　　의 우리말

그거야말로
사람말(우리말)이다
잠자코 있을 수 없는
잠자코 있는 동안에도
그 일본어의 열도나
그 우리말의 한반도가
체득을 모르는 강대한 힘이 들어간 손을
사람에게 재빨리 내밀어
와드득 주물러 깬단 말인가
그리하여 그들의 품으로
감쪽같이
끌어당겨 데려가 버린다

사람답게 살기 위해
대치하고 저항하는 것이다
'사람말'이야말로
힘이다
잣고 엮어내자

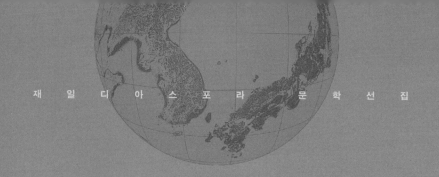

재 일 디 아 스 포 라 문 학 선 집

조남철
趙南哲

섬

영혼

길

위

방석

담배

조남철趙南哲

1955년 히로시마현(広島県) 출생. 1975년 일본의 조선대학교 졸업. 시집 『연작시 바람의 조선』(1986년), 『나무의 부락』(1989년), 『따뜻한 물』(1996년), 시화집 『굿바이 아메리카』(2003년), 번역서 『광주 사람들』.

섬

넝마는 해초
널조각은 돼지족발
비닐봉지의 해파리
수박껍질은 물고기의 꼬리
문드러진 플라스틱 용기의 조개껍질
녹슨 못이든 쇳조각이든 다 떠오르는 것이다

부유물의 파도가 자석처럼
밀려와 쌓이고, 쌓였다가 밀려가는
넓은 바다에 꿈틀꿈틀 떠오르는 섬이 되어
물고기도 조개도 전복도
눈물도 웃음도 하나의 동포로서 함께 하며
아아, 우리의 섬은 우리들 생의 공동체

섬은 어느덧 파도에 휩쓸리고
파도에 삼켜지고 파도에 침식되어
넓은 바다에서 출렁출렁 고독한 표류에

파도에 먹힌 꽃잎처럼

차례차례 몸을 던져온 우리들

야자열매에 익숙해지지 않는다는 것을 알면서

함께 바다에서 사라져갔다

어이! 우리들

파도를 타고 가까이에서 멀리에서

보이지 않는 곳에서, 바다 밑에서

우리들의 섬을 만드는 것이다 다시 한 번

맹그로브* 뿌리로 단단하게 만드는 것이다

넓은 바다에 고독한 표류를 이어가는

어이! 우리들

어이! 우리들

옮긴이 주

* 맹그로브(mangrove) : 아열대나 열대의 해변이나 하구의 습지에서 자라는 관목이나 교목을 통틀어 이르는 말. 조수에 따라 물속에 잠기기도 하고 드러나기도 하며, 주로 숲을 이룸. 잘 발달한 기근(氣根)이 복잡하게 얽혀 괴상한 모습을 하고 있고, 주종은 홍수(紅樹) 따위의 멀구슬나뭇과.

영혼

난

이런 곳에 묻히기를 원하지 않았어

태어난 곳의 흙으로 돌아가는 거였어, 우리

조선사람에게는 옛날부터 내려오는 관습이니까

아버지도 어머니도 할아버지도 할머니도

조상들은 다 그렇게 해 왔으니까 말이야

너무 했지

난 내 몸이 태워지기를 원하지 않았어

그건 당연해 정말이지 이제

아무리 큰돈을 들여 제사를 지내 준대도

내 영혼이 돌아갈 곳이 없지 않은가

뼈 조각뿐이면

딸가닥 딸가닥 허무하게 소리만 나고

모처럼의 흰밥도

고기국도 먹을 수 없어

아무리 예쁜 돌을 구석구석 깔아주었어도

한 구획이 얼만지는 모르지만

아무리 훌륭한 묘지에 넣어주었어도

전혀 기쁘지 않아

주변이 다 일본사람이잖아

그런 건 살았을 때고 이젠 질색이야

내 묘석에 일본이름이 새겨져 있으니

꼭 내가 일본사람이었던 것 같잖아

혹 일본사람으로 다시 태어나기라도 하면

어쩌라는 거야 그런 건

난 싫어, 절대로

종종 나는 화가 끓어올라

내 팔자야 내 팔자야 하다가

불효자식 내 바보 아들을 혼내러 가지

형광등을 탁탁 소리 나게도 하고

귓가에다 이 후레자식아

라며 불만을 터트리지

영혼이라 해도 현해탄은 너무 멀어

고향 민둥산의 황토에 묻어 주었으면 했는데

살아 있을 때와 별반 달라진 게 없어

우리는 죽어서도
맘대로 할 수 없다는 건가

그래도 같은 한이 쌓인 영혼들만 모여
한 가지 재미있는 일을 해보지 않겠나
그래, 의논해 보자고
나라가 하나로 합쳐지는 거 말이야
뭔가 우리가 할 수 있는 일이 없을까
다 같이 머리를 맞대고 진지하게 생각해보자고

통일이 되면 말이야, 아무리 바보 아들이라도
꼭 내 뼈를 가져다 고향에 묻어줄 거야
큰 한을 품고 죽었으니
우리 힘도 무시할 순 없지
잘 기억해 둬야 해

길

온 길을 반대로 더듬어 가면
전혀 다른 풍경이 거기에 있다
마치 처음 보는 것 같은
산과 강과 나무와 새와 꽃과 돌
시간과 사건과 사람들

길게 구부러진 울퉁불퉁한 길
넘어지고 구르고 일어서고
숲을 개척해왔던 그 길에서도
알지 못하고 지나온 많은 것들

잃어버린 귀중한 것들
띄엄띄엄 떨어뜨리고 온 사랑
타고 남은 찌꺼기에서 연기만 나는 분노

기억은 더듬을 수 있어도
시간은 되돌아가지 못한다

분단의 한을 안은 채 세상을 떠난
아아, 길가에 나란히 늘어선 묘비들

커다란 나무 그늘 아래
세월의 무게를 어깨에서 내려놓고
8월의 바람을 맞으며
느릿느릿 흘러가는 구름을 올려다보며
지금까지 걸어온 길과 앞으로 걸어갈 길을 생각한다

50년의 싸움의 길에
36년의 피의 길을 얹고
등을 쭉 펴기 위해 고쳐 업고
두 개의 길이 하나로 합류한다
숲의 한 지점을 향해 이 길을 간다

위

위장은 정직하다
분노, 슬픔, 미움, 괴로움,
놀라움, 싫은 것을 떠올리고
긴장하면 순간
쿡쿡 찌르며 움츠러든다
작살을 맞은 물개처럼
몸부림친다

우리 조선인의 위장은
웃고 있어도 쉬고 있어도
비틀리면서 번민하다
둘로 찢어져 피를 흘리는
조국처럼 지쳐서
너덜너덜해졌다

아무리 김치를 먹고 단련된 위장이라 해도
40년은 너무 길다

우리는 결국 더는 참을 수 없어
턱을 내밀고 구토를 하며
아무리 맛있는 음식이라도
받아들일 수 없게 된다
문드러진 위장에서 피를 토하며
죽을 수밖에 없는 것이다

통일은 끝이 아니다
통일은 시작이다
시작도 보지 않은 채 죽을 수 있나
통일은 미움과 싸움의 끝이다
통일은 평화를 위한 새로운 싸움의 시작이다
이를 위해 우리는 먹어야 한다

제발 우리는 한 지붕 아래서
한솥밥을 먹고 살자
우리에게는 남은 밥을 먹이는
키다리나 뚱뚱보를 밀어내고
그리고서 천천히
서로 나누기도 하고 서로 받기도 하고
영양 흡수의 만족스런 트림이 나올 때까지
배가 가득 찰 때까지 먹자

어떤 밥이라도 피가 되고 살이 된다
우리들 위장의 편안한 움직임을 위해
우리에게 지금 맛있는 요리는 필요 없다

방석

당신은 앉아 있었습니다
엉성한 가건물 안 어둠 속에 오도카니
두꺼운 방석 위에 풀이나 나무처럼
떠 있는 것처럼 희뿌옇게 앉아 있었습니다
당신은 다 빠져버린 머리카락을 빗으로 빗어내렸습니다
병들어 얼굴색은 납인형 같았지요
흐릿한 눈동자를 움직이지도 않고 다 빠져버린 이로
소년이던 나를 향해 히죽 웃는 당신을 보고
몸이 얼어붙어 꼼짝도 못하고 서 있었습니다
나는 당신이란 존재가 무서웠습니다
기분이 나쁘고 이상하고 그냥 무서웠습니다

어느 날인가 당신이
뼈만 남은 몸으로 앉아 있던
그 흔적이 묻은 방석만 남기고
사라졌을 때 나는 안도했습니다
사슬에서 풀려난 것 같은 기쁨이었습니다

당신이 피폭자였다는 사실을 나는

한참 후에야 알았습니다

당신이 결혼도 못하고 아무것도 못하고

그저 가만히 앉아 있을 수밖에 없었다는 것을

나는 어른이 되었습니다

어둠이 무서워서 그저 몸을 떨고 있던 소년이 아닙니다

그렇다 해서 지금 내가 당신을 만나면 무서워하지 않을까요

당신의 떨리는 손을 잡고

썩어 문드러진 뺨을 문질러 뼈까지 부어오른

당신의 몸을 꼭 껴안을 수 있을까요

아아, 나는 당신과 같은 민족의 피를 받고 태어났는데

당신의 시체는 동네 나무의 거름이 되었는데

당신을 무서워한 나를 용서해 주실까요

무엇보다도 지금 내가 진실로 당신을 무서워하지 않을 수 있을까요

담배

누렇게 변색한 치아
담뱃진에 탄 손가락
폐는 이미 새까매졌으리라
급히 피우면 기침이 난다
구토가 고인 침과 함께 목에 치밀어 오른다
그 침을 여기저기 뱉으며
그래도 나는 피운다

아내한테는 미움을 산다
시집갔다 돌아온 딸은 이것 보란 듯이 기침을 한다
돌팔이의사는 몸에 나쁘니 그만 피우라고 한다
땀을 흘리며 일한 후에 피우는 한 개비 담배는
무엇에도 비할 데 없을 만큼 맛있었지만 분명
젊었을 때와는 달리 지금은 별로 맛이 없으면서도
이걸로 마지막이라고 작심하고서는 곧바로
다시 손이 간다

풀 연기를 몸속에 빨아들이면
살고 싶은 힘이 솟지 않을까
돈벌이에 좋은 생각이 떠오르지 않을까
토해낸 연기가 여러 모양을 만들어 내듯이
세상도 조금은 바뀌지 않을까

많이 참아 왔고 견뎌 왔다
담배 정도는 옛날의 양반들처럼 유유자적하며
긴 담뱃대로 연기가 나오게 피우고 싶다
하지만 우리에게는 그럴 여유가 없다
분명히 피워도 피워도
아무것도 변하지 않았다
변하지 않았으니 담배 피우는 것 쯤 무슨 문제냐
우리나라가 하나가 된다면
백만 대라도 피워주겠다

나이 먹은 사람이
성냥팔이 소녀처럼
하늘에 빌기라도 하듯 백 엔짜리 라이터에
오늘도 희미한 희망의 불을 붙인다

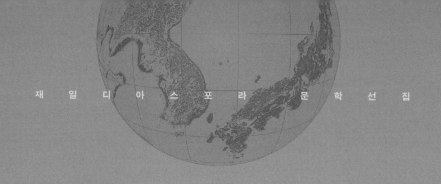

재 일 디 아 스 포 라 문 학 선 집

종추월
宗秋月

종추월宗秋月(본명 : 송추자宋秋子)

1944년 사가현(佐賀県) 출생. 시집 『종추월 시집』(1971년),
『이카이노(猪飼野)・여자・사랑・노래―종추월 시집』(1984년),
『이카이노 타령』(1986년), 『사랑해』(1987년). 2011년 작고.

자장자장 우리 아기
—자장가 1

자장자장 우리 아기
착한 아기 잘도 잔다

브람스가 아니고
슈베르트가 아니고
모차르트도 아니고
이쓰키*의 자장가가 아니고
시마바라*의 자장가도 아니고
비 내리는 오후 촉촉하게 젖은 토방 귀퉁이에서
한쪽 무릎을 세우고 정좌를 풀어 짚을 두드린다
쉬지 않고 손으로 밀어주는 대바구니 속에서
흔들린다 흔들린다 자장가
대들보에 감아놓은 새끼줄에 다다미* 닿을 듯 말듯
묶인 대바구니에 담겨 흔들리는 나의
선잠만을 위해 어머니가 존재하는 듯
자장자장 우리 아기

착한 아기 잘도 잔다

찻길에 접한 허름한 아파트의 한 방에서

그 사람을 기다리는 젖이 아니고

유방을 움켜쥐고 깨물고 싶은 꿈

그 자세 그대로 깊이 빠진 잠을 깨우는

트럭의 진동은 여전하고

흔들린다 흔들린다 자장가는

봄 가을의, 여름 겨울의, 그 사람의

기모노를 입은 어머니로 이어지는 사람들의 얼굴을

다 덮어버리는 얼어붙은 공기에 덧그리는

소심한 손가락

안에 숨어 있는 요괴를 발로 차버리고 대바구니에 파묻히네

흔들린다 흔들린다 자장가

자장자장 우리 아기

착한 아기 잘도 잔다

그렇게 엎드린 투명인간의 내 아이가 몇일까

어머니를 향한 지워지지 않은 원망이 만든 뻔뻔함이

들판 길가에 세워놓은 불상에 합장도 하지 않은 남자의 염불삼매.

그 사람과 따스하게 같이 할 수 있는 고향을

갖지 않은 것도 아닌 공허

부풀어 오르는 상상으로 배를 내밀고 두드린다

북채 놀림새 흥겨운 축제의 요지경

자장자장 우리 아기

착한 아기 잘도 잔다

택하지도 버리지도 못하는

자장가를 질질 끌며

여전히

아침녘은

사무치게 춥다

옮긴이 주

* 이쓰키(五木)자장가 : 일본 구마모토현(熊本県) 구마군(球磨郡) 이쓰키 마을에 전승되어 오는 자장가. 구마모토를 대표하는 민요 중 하나. 가사는 가난에 허덕이다 입을 줄이기 위해 부잣집에 팔려가 아이 보는 일을 하는 소녀가 자신의 불우한 처지를 한탄하는 내용으로, 스스로에 대한 연민뿐 아니라 경제적 불균형과 삶의 애환도 담겨있음.
* 시마바라(島原)자장가 : 일본 나가사키현(長崎県) 시마바라 반도에 전해내려 오는 자장가. 시마바라 출신의 작가 미야자키 고헤이(宮崎康平)가 작사·작곡한 노래.
* 다다미(疊) : 마루방에 까는 일본식 돗자리. 속에 짚을 5cm가량의 두께로 넣고, 위에 돗자리를 씌워 꿰맨 것으로, 보통 너비 석 자에 길이 여섯 자 정도의 직사각형 모양.

김치

물결 모양의 기와지붕에

아침이 찾아오면

여자는 장독 속에서 김치를 꺼내 와

썩둑 썩둑 썬다

옛날 옛적 아득한 그 옛날부터

변함없이 매일매일 이어져 온 여자의 일상

흙무더기 들판의

풋내

마늘 냄새

배추에 고춧가루 버무린

시뻘건 김치

입을 헹구는 아들도

껌을 씹어 냄새를 없애는 딸도

그럼에도 식탁 위의 김치를

개의치 않고

집게손가락으로 자꾸만 집어 먹어

위속까지

시뻘겋다
아릿아릿 알싸하게 물들여간다
여자의 손가락도 시뻘겋다
아침이면 썩둑 썩둑
칼끝으로
고향을 썬다

"얘들아
일어나렴"

채옥이 아줌마

마흔 두세 살 쯤 된

채옥이 아줌마의

커다란 배가

또다시 불룩해져서

도나리구미[*]에서는

소문이 파다하다

· · · · · · · · · · ·

이번이 열한 명 째야

한 명만 더 낳으면 한 다스라고

그런데도

또 낳으려 애쓰잖아

· · · · · · · · ·

열일곱 살인 딸 명선이가 말했습니다

엄마

우리 진짜 창피해요

이제

그만 좀 낳으세요

. . . .

부업으로 일하는 안경렌즈를 닦으며

채옥이 아줌마는 딸을 꾸짖었습니다

. . . .

너는 학교에 다니는 애가

이런 것도 모르냐

미국은 삼 억

일본은 일 억

중국은 칠 억

조선은 겨우

사천만 명이다

우리 집 애가 한 명 더 늘어도

따라 잡으려면 아직 멀었다

암만 낳아도

암만 태어나도

농업이고 공업이고

일손이 모자란 조선인데

넌 뭐가 그리 창피하다는 거냐

. . . .

채옥이 아줌마의 배에

귀를 대보면

두둥

두둥

태동이 들린다고 합니다

· · · · · · · · · ·

채옥이 아줌마의 배에는

조선의 숨결이 깃들어 있는 거지요

분명히

분명히

옮긴이 주

* 　도나리구미(隣組) : 제2차 세계대전 당시 일본이 국민을 통제하기 위해 만든 최말단 지역 조직.

사과

사과의 과육을 깨물면
뚝뚝 떨어지는 피가
어찌나 투명한지

링고*를 닝고라고
부르는 어머니의
나무아미타불*
나무
나무아무타불
목 가득히 침투하는 불경
여운이 혀에 휘감기어
주먹보다 작은 위속에
녹아떨어지는 일본어의 감칠맛
먼지가 끓어오르는 강가를 따라 생긴
창자가 끓어오르는 거리에서
차양 아래 행상하는 어머니
쪼그리고 앉은 가슴이

사과

한 무더기 백 엔

사가세요

옮긴이 주
* 링고 : 일본어로 사과라는 말.
* 나무아미타불(南無阿彌陀佛) : '나무아미타불'이지만 이 시에서는 '나무아무타불'이라고 잘못
  발음한 것을 표현함.

히라노 운하[*]

이카이노(猪飼野) 마을 한가운데에 강이 흐르고 있다. 이름만 강인 도랑. 도랑은 버려진 쓰레기가 점점 불어나 끙끙 몸살을 앓던 어린 시절의 기억만이 선명하고, 어제의 삶을 잊어버린 가타리베[*]인 내가 축 늘어진 호스의 꾸불꾸불한 모양을 보고 있노라면 있을까말까 한 아메바가 가슴에 품어도 좋을 아가씨로 변신하는 유혹에 사로잡힌다. '몸을 뜨겁게 만드는 데 단 오 분도 걸리지 않으리' 굴욕감에 쌓여 있던 하루 종일, 그럼에도 압도적으로 요행을 바라는 마음을 어르고 달래 위벽에서 넘치는 오물과 함께 삼킨 천길 깊이의 강에 떠오르는 익사체의 정기(精氣). 이곳은 광기의 세계일리 없는 땅 끝. 카스바[*]에 걸린 은하수에 무언가를 기원하지도 않고 밤이 깊어지면 강가를 따라 걷고 있는 나. 그런 내가 진정 존재하는 걸까

옮긴이 주

[*] 히라노 운하(平野運河) : 일본 오사카부(大阪府) 오사카시(大阪府) 이쿠노(生野)의 코리아타운을 지나는 강. 1920년대 운하 건설공사에 조선인이 강제 동원되면서부터 이 지역에 재일조선인들이 모여 살기 시작. 돼지를 기르는 들판이란 뜻으로 이카이노(猪飼野)라 불리던 강이었으며, 장마철의 범람을 막고 군수품을 나르기 위해 대형 운하로 재건설됨.

[*] 가타리베(語部) : 일본에서 역사책이 없었던 상고시대에 전설이나 고사(古事)를 외워서 조정에 출사하여 이야기하는 것을 소임으로 한 씨족(氏族).

[*] 카스바(quasbah) : 알제리의 수도인 알제의 원주민 거주 지역. 미로처럼 길이 얽혀 있으며, 프랑스령 시대에는 '범죄자의 거리' 였음.

야차*

윙윙

휘몰아치는 초겨울 찬바람이

가라앉는 마을의

어느 골목

옥외등 아래를 서성이는

여자 앞에서 잦아든다.

희미하게

스포트라이트를 받은

얼어붙은 아스팔트 위에

한 귀신이 있다.

야차로 착각할법한

여자가 있다.

소복소복 가슴에 눈이 쌓이는

여자가 있다.

망상은 업(業)을 낳고

장애의 바다가 되어

잔물결 사납게 일고

몸부림치는 여자의
장옷 아래
두 개의 뿔
찢어진 입
치켜 올라간 눈을 한
그런 가면이 아니다

그의 관세음보살
젊은 여자 가면이다.

몇 천 년 동안이나
오랜 세월을 살아온
그윽한 아름다움이
얼어붙은 아스팔트
대지 위에 우뚝 서
있다.

여자가 단지 여자로
존재하기 위해
억눌러 온 자아
원통한 사랑
증오조차도

투명하게 여겨질 만큼

질투의 불길에

몸을 태우는

귀신이 집밖을 서성이고 있다.

그의 관세음보살의

젊은 여자 가면을 쓴

야차가 하나

겨울 들판에 서 있다.

윙윙

겨울 피리가 우는 깊은 밤

윙윙

흐느끼는 귀신이 있다

윙윙

울부짖는

귀신이 있다.

옮긴이 주

* 야차(夜叉) : 인도의 베다문헌에 나오는 신적인 존재. 본디 추악하고 무섭게 생긴 인도의 귀신
이었으나 후에 불교에 귀의하여 북방을 지키는 수호신이 되었다고 함.

막걸리 도부로쿠 니고리자케*

막걸리 막걸리
우리나라 술
삼천리강산에
우리나라 술

도부로쿠 도부로쿠
도부로쿠야말로 우리나라 술
삼천리 어디를 가도
술은 도부로쿠지.

어머니는 누룩을 빚어 술을 담갔다.
아버지는 단지 채 껴안고 술을 마셨다.
밥공기에 밥은 수북이 담지 않아도
밥알이 동동 뜬 탁주를 찻종지로 넘치게 펐다
여자이자 어머니인 사람은
인간이라는 사실을 남자에게 먼저 양보하지 않으면
하루도 꾸려나가기 힘든 그날의

무사함을 빌 듯 몸을 숙이고
단지 속에 손을 넣어 술을 펐다.

남자가 단지 남자이기 위해 도움을 주는 존재는
술밖에 없음을 의기양양해 하는 정기(正氣)의
인간이지 않은 삶을 사는 여자이기에
주의해야 한다는 것을 다 알고 만든 밀주였다.

희망을 드신 아버지가
냄새 고약한 절망을 토해낸 아버지가
이백*의「월하독작(月下獨酌)」 중에
'천지가 원래 술을 사랑했으니
술을 사랑하는 것이 어찌 하늘에 부끄러우랴'라고
읊은 시에도 부끄럽지 않을 노래를
백옥의 이슬을 사랑한 애주가 아버지가
붉은 눈을 한 내 아버지가
수없이 많은 내 아버지가
막걸리 막걸리
우리나라 술
삼천리강산에
우리나라 술이라고
노래 부르던 내 아버지가

일본 땅 여기저기에

열도에 뿌려진, 열도에서 살았던 아버지가

그 삶의 흔적으로 남은 빛깔의

그 삶의 증거로 남은 빛깔의

막걸리 도부로쿠 니고리자케 빛깔의

백골이 되어 쓸쓸히 묘지에

묻혀 돌아가지 못하고.

태어난 땅 조상의 묘지로 돌아가지 못하고.

일 초, 하루, 한 해라도

남자보다 수명을 연장하고 싶어

양보해온 인간으로서의 삶을 빼앗아 되돌리고 싶어

한을 품고 한을 키우고 한을 잃어버린

'여자는 삼계에 집이 없다'*하여 늙어서는

자식을 따르라는 인자한 어머니가 그 관습을

애처롭기까지 한 인자함이 빚어낸 관습을

만들어내어 다음 세대에 남기는 유산은

막걸리 도부로쿠 니고리자케 빛깔의

한 생애의 뼈. 하얀 뼈. 묻은 땅.

일본에 산재한 조선인의 뼈. 묻은 땅.

막걸리 도부로쿠 니고리자케 빛깔의 뼈를 묻은

묘에 성묘하는 대대손손의 귀에

산들거리는 바람과 풀의 속삭임이

어쩌면

막걸리 노래로 들릴 것 같은

재일조선인의 원초적인 무덤이다

일본 땅에서 살다 간

어머니는 누룩을 빚어 술을 담갔다.

아버지는 단지를 껴안고 술을 마셨다.

막걸리 막걸리

우리나라 술

삼천리강산에

우리나라 술

옮긴이 주

* 도부로쿠, 니고리자케 : 우리나라 막걸리와 비슷한 발효시켜 만든 희고 탁한 일본의 탁주. 두 종류 다 밥에 누룩이나 술지게미, 효모를 첨가하여 발효시킨 일본 술의 원형.

* 이백(李白, 701-762) : 중국 당나라 시인. 두보(杜甫)와 함께 '이두(李杜)'로도 병칭되었을 만큼 중국 최고의 시인. 1,100여 편의 작품이 현존하는데, 양귀비의 아름다움을 읊은 「청평조사 (淸平調詞)」와 달빛 아래 혼자 술 마시는 즐거움을 표현한 「월하독작(月下獨酌)」 등이 대표작.

* 여자는 삼계(三界)에 집이 없다 : 여자는 처녀 때는 부모를 따르고 결혼해서는 남편을 따르고 늙어서는 자식을 따르니, 평생 안주할 집을 가지지 못한다는 뜻.

술자리(푸념하는 아버지)

─양떼는 걸어가면서 교미한다

에헤이요오

보릿가을인 초여름은

노모의 허리가 신음하는 계절

술기운이 가신 아버지가

아이들에게 마구 화풀이하는 계절

천둥소리는 귀신의 북소리

뚝뚝 떨어지는 비는 한 방울의 눈물이라네

내일이 없는 보리 베기는

오늘의 목숨 베기요

에헤이요오

물이 마르지는 않을까

넘치지는 않을까

볏모에게 장마는 걱정스런 계절

가뭄 드는 여름은 에이헤이요

제초와 제충으로 숨이 턱턱 막히네

밤낮 없이 물 당번

에헤이요 에헤이요

가을은 에헤이요오

폭풍은 골백번 찾아오네

큰 놈이 찾아오면

간신히 숨은 붙어 있지만

결실이나 제대로 맺을 수 있으랴

그래도 에헤이요

그럭저럭 에헤이요

가을걷이가 끝나면

울퉁불퉁해진

흙, 흙, 흙,

소가

벌써 다 갈아엎었네

에헤이요오

에이헤이요

내가 일본에 왔을 때는

바닥이 드러난 자갈밭 강변이었지

산속의 흙을 파내어

삼태기에 담아 뼈 빠지게 날라서

나르고 나르고 날라서 들인

내가 일궈놓은

내 논이지

에헤이요오

그때 내 나이 열아홉 살이었지

논밭 빼앗겼네

마지막 눈물 빼앗겼네

집안에는 말라붙은 것들뿐

나는 말했지

일본으로 건너와 한밑천 잡으면

세 끼 중에 한 끼는 흰쌀밥을 먹고

명주 저고리를 선물로 사가야지

열심히 일했지

열심히 일했건만

명주 저고리는 못 샀네

선물로 들고 갈 정도의 흰쌀밥이 있다면

내가 일본에

있을 쏘냐

내가 일본에 남아있을 성 싶더냐

에헤이요 에헤이요

에헤이이요

또 다시

전쟁이 시작 되었네

귀를 세운 토끼*는 피바다가 되어

아버지도

어머니도

돌아가셨다고 하네

이리 된 이상 놓칠 쏘냐

나는 땅을 꽉 붙잡았지

내 손가락을 비틀어

땅을 빼앗아가는 놈은

용서하지 않았지

밤이 되면

에헤이요오

도부로쿠 한 잔 걸치고

에헤이요오

고향이

그리워서

에헤이요오

저자 주

*   귀를 세운 토끼 : 조선의 지형과 비슷한 모습. 조선을 말함.

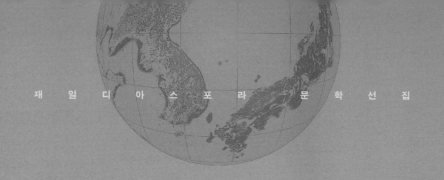

최용원
崔龍源

최용원崔龍源

1952년 나가사키현(長崎県) 사세보시(佐世保市) 출생. 아버지
는 한국인, 어머니는 일본인. 와세다(早稲田)대학 졸업. 1979
년 '무겐(無限)신인상', 2003년 '시토소조(詩と創造)'상 수상.
그밖에 '교겐(氷原)상', '가린신인상', '단가진(短歌人)신인상'
수상. 시집 『우주 개화』(1982년), 『새는 노래했다』(1993년),
『유행(遊行)』(2003년), 『인간의 종족』(2009년).

바닷가에서

바다에는 한없이 빛이 내려오고
빛은 끊임없이 생명의 출산을 동경하고

해조음은 원시의 소리를 쏟으며
지금은 아픔의 그릇으로 바뀐 바다를 돈다

11월의 석양은 붉게 물들고
아이들은 말없이 모래성을 쌓고 있다

나는 방파제에 손가락으로 수도 없이
한글로 글자를 쓴다 아버지라고

파도의 손바닥이 글자를 지워갈 때마다
슬픔이 조금씩 가라앉기라도 하듯

아버지여 당신은 언제나 노래 하나를
담고 있었다 포근한 망향의 노래를

아버지여 당신은 일본에 살면서도
한 번도 일본에 산 적이 없었다

하나의 반도를 꿈꾸었고
그 꿈의 보상도 없었지만

아버지여 당신은 항상 남북이 하나였을
때의 조선에 살고 있었다 혼자서

아이들이 미소 지으며 달려온다
……아버지 무얼 쓰고 계세요?

……할아버지 나라의 글자다
……할아버지는 바다를 건너 오셨나요?

……그래, 새처럼 그리고 날개를
　　잃으셨단다 이국에서 조용히

……할아버지는 다른 나라 분이셨고
　　아버지와 우리는 이 나라 사람?

……아니다, 할아버지는 예전에 지구에서

살았던 사람, 너희들은 지금부터 지구에 살 사람

바다는 해가 저물기 시작하고
머나먼 원시에서 회류하는 물고기의 환상이여

돌아라 돌아라, 아이들과 내 안의 바다를
타러 간다고 약속했던 놀이터의 회전목마처럼

생명 있는 모든 것들의 마음이여 돌아라 돌아라
예전에 하나였던 날의 지상을 그리워하면서

……아버지 우리는 어머니의 바다에서 태어났나요?
……그래, 옛날에는 모두가……한 바다에서 태어났지

물고기는 딱딱한 이빨과 지느러미로 모래를 씹으며 육지로 올라왔고
그리고 긴 세월이 지나 사람이 태어났단다, 이제 돌아가자
이제 돌아가자, 모두가 하나였던 날로

비둘기와 소년

새벽녘 바닷가 곳 끄트머리에 서서 소년은 풀어주었다
한 마리 비둘기를 그 다리에 일본 글씨로
자유라는 한마디를 적은 종잇조각을 묶어 한국으로
황토 마을에 부질없는 마음을 전하고 싶어

구구구 구구 구구 비둘기는
얼마동안 소년의 머리 위를 돌다가
향수(鄕愁)처럼 빛줄기를 그으며
보라색으로 빛나는 산맥을 넘어 하늘 저편으로 사라졌다

그날 밤 파도 거센 해협을 건너가는 비둘기의 귀가
별처럼 흔들리며 반짝이는 꿈을 꾸었다 구구
구구구 비둘기는 한결같았던 소원처럼 날아갔다

며칠 밤이 지나 비둘기는 상처를 입고 비틀거리며
소년의 비둘기 집으로 되돌아왔다 그 다리에 한글
글씨로 사랑이라 적힌 종잇조각을 묶고서

조선늑대

가자나시가와(風無川)라는 역에 도착했다. 무인(無人)역에는 흐릿한 등불 주변을 나방이 들러붙어 날고 있었다. 큰 나방이었다. 눈이 사람의 눈동자처럼 젖어 있었다. 그 등불 아래 한여름 불꽃놀이 대회를 알리는 포스터가 붙어 있었다. 붓으로 쓴 글씨를 보니 왠지 그리움이 느껴졌다.

역을 빠져 나오자 풋 이삭 냄새. 달은 산자락에 걸려 있었다. 사람 그림자조차 어른거리지 않았고 빨간 초롱이 걸려있는 가게가 눈에 들어왔다. 나는 갈증을 가라앉히려고 문을 밀고 들어갔다. 나이 지긋한 할머니가 한 분. 내 얼굴을 보자 부처 같은 미소를 띠었다. 잠시 후에 알았지만 L자형의 카운터 구석에 마흔 살쯤 보이는 손님이 술을 마시고 있었다. 술을 넘길 때마다 목덜미에 긁혀서 빨갛게 부어오른 상처 같은 것이 보이다 안보이다 했다. 나는 맥주를 청했다. 맥주는 차가워서 맛있었다. 눈앞의 가느다란 꽃병에 고추냉이 꽃이 꽂혀 있었다. 고추냉이 꽃, 그 냄새가 나를 취하게 했다. 고사리무침을 안주로 나는 맥주를 세병 마셨다. 남자는 말없이 술을 마시고 있었다. 남자가 갑자기 낮게 중얼거렸다. "서커스 오두막은 높은 대들보"* 나는 소리로 내지 않고 마음속으로 그 다음을 이었다. "갈색의 전쟁이 있었습니다."* 남자는 술잔을 물끄러미 바라보고 있었다. 그 밤은 그렇게 지나갔다.

나는 역 앞의 한 작은 여관에 묵었다. 그 남자도 나그네처럼 보였는데 혹시 이 여관에 잠들어 있을까. 그러나 나 이외에는 손님이 든 기척이 없었다. 멀리서 올빼미 우는 소리가 들렸다. 나는 어느새 잠이 들었다. 깊이 잠들 수 없는 밤이었다.

산맥을 가로지르는 기차 속. 나는 창밖을 흘러가는 계곡 풍경에 열중하고 있다가 그 이야기를 들었다. 소문을 들었다. "마을에 온 서커스 오두막에서 말이야 흥행에 필요한 조선늑대가 도망을 쳤대요." 나는 조용히 눈을 감았다. 그 남자와 조선늑대의 영상이 하나로 겹쳐졌다. 어금니가 뽑히고 발톱이 잘려나간 조선늑대가 이 산등성이에서 저 산등성이로 혀를 늘어뜨리고 헐떡이며 달려가는 모습이 보였다. 조선늑대도 남자도 나도 하나인 것 같은 느낌이 들었다. 도주하는 게 아니다. 어금니를 찾고 있는 것이다. 잘려나간 발톱도.

나는 다시 무인역에 내리고 아버지한테서 배운 아리랑 노래를 아주 낮게 흥얼거리면서 매미가 우는 고개를 넘어갔다.

저자 주
* 서커스 오두막은 높은 대들보 갈색의 전쟁이 있었습니다 : 일본의 대표적인 시인 나카하라 추야(中原中也)의 시.

기도편

1. 아버지의 목소리

조선으로 돌아가고 싶다고 말했다
아버지는 마른 입술을 떨면서

나를 향해 죽은 형님이라고 말했다
이미 영혼은 황토마을에 가 있었다

조선은 슬픈 나라라고 말했다
힘껏 짜내는 듯한 목소리로

내 형님은 일본인에게 살해당했다고 말했다
이번에는 내가 가해자라도 되듯이 말했다

감고 있는 아버지의 눈시울에서 눈물이 주르르 떨어지고
눈물은 찢어진 나라의 국경 같았다

한반도가 하나 되게 해달라고
나는 아버지의 죽음 곁에서
간곡히 기도를 올렸다

2. 사랑

사랑, 해질녘 바닷물 위에
나는 쓴다 불어오는 바람소리에 기대어
나는 속삭인다 오늘 전하려는 것이
끊임없이 흔들리는 마음의 갈증뿐일지라도

사랑, 석양이 떨어져 가는 그 끝에
나는 쓴다 손가락으로 한줄기 의지를
빛나는 이 석양빛 속에서 적막하게
고치를 잣는 누에처럼 희구의 팔꿈치와 팔꿈치를 엮는다

사랑, 인연으로 이루어진 세상임을
믿기 위해서는 내 안에 사는 여행자를 멀리
걸어가게 해야 한다 바다 위를 건너는
사람을 '사랑'이라고 고하게 만들어야 한다 미래를 향해

미래는 이처럼 아름답게 존재하노라고

명령이라도 받은 것처럼 '사랑'이라고
모래 위에 쓰거나 혹은 혼자 중얼거리는 말
믿어라, 거기 있는 사람들에게 반드시 복이 온다는 것을

세레나데(벌레)

벌레가 울고 있다
들판에서 아버지는 벌레의 언어를
오로지 돌에 새기고

들에 흐르는 강의 수맥처럼
아버지는 추구해야만 하는
새를
한글 문자 같은 나비를

미치도록
나라를 사랑한 적이 있는가
사람에게
국경은 없다는 말만으로
단념의 의미가 완결된다면
버려지는 백성으로 사는
쓸쓸함에 지칠 일도 없을 것이다
모든 것은 아버지에게서

멀어지고 있다
새처럼

그리고 나는 아버지를 파악하지 못했다
음악처럼 하늘로 뻗쳐 있었다

아버지의 손, 그 등의 떨림을
돌에 새기고
'휘황찬란하게 빛나는 육체에
고통을 주세요 나라를 버렸으니'
라고 아버지는 말했다
나는 조용히 아버지의 숙성된 혼과
살덩이를 먹는 귀신이 될 것이다
아버지는 침묵 끝에
새의 그림자를 좇아
'용서를'이라고 말했다

아아, 사람을
쏘는 것이 두려워
눈 덮인 산을, 황야를
아버지는 짐승처럼 도망쳤다고 한다

나는 진정시키지 못한다

아버지의 핏속에

서 있는 나무나 풀의 살랑거림

아버지의 핏속을

헤엄쳐 다니는 물고기가 되어야 하는

풍경의 한쪽 구석에서

아버지 대신 향수를 외쳐야 하는

미치도록

나라를 사랑한 적이 있는가

사람에게

국경이 없다는 말만으로

단념의 의미가 완결된다면

모든 것에서 등을 돌려야 한다

사람조차

나라조차

들판에서 나는 돌에 새길 것이다

국경도 없이 울고 있는

벌레들의 언어를

샘

둘로 찢겨진 반도
그 국경에 작은 샘이 있었습니다
샘에서는 끊임없이 물이 넘치고 있었습니다

물의 마음이 맑아서 흰나비가 날아와
촉각을 혈맥처럼 파르르 떨며
찾고 있었습니다 천지 최초의 어머니를

샘의 물가에 한 송이 꽃이 피어
그 꽃의 깊은 곳에 천지 최초의 어머니가
살며시 미소 짓고 있었습니다

물은 북으로도 남으로도 흐르면서 전하고
있었습니다 천지 최초의 어머니의 말
'내가 낳은 반도를 제발 둘로 갈라놓지 마세요.'

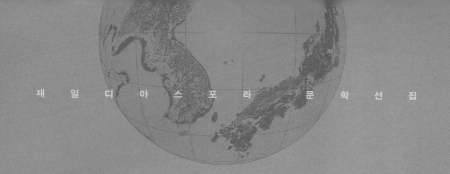

재 일 디 아 스 포 라 문 학 선 집

최현석
崔賢錫

풍경

까마귀

뱀

최현석崔賢錫

1935년 전라북도 남원 출생. 5세 때 가족과 함께 도일. 와세다 대학 러시아문학과 중퇴. 시집 『구과(毬果)*』(1965년).

옮긴이 주
* 　구과(毬果) : 솔방울 따위의 소나뭇과 식물의 열매.

풍경

그 사람이 곁에 있었다

움쭉달싹 못하고

듬성듬성한 나무를 사이에 두고 나는 바다를 바라보고 있었다

냄새도 나지 않고 소리도 없지만

그것은 확실히 파도소리였다

반복되는 파도소리에 이끌려

우리들은 하나로 합쳐졌다

물이 깊은 강가

수면으로 기울어진 나무에 그 사람은 기대어 있었다

가까이의 푸른 물밑에

나는 무릎을 끌어안고 앉아 있었다

토분은

비에 발효하고 있었다

자잘한 꽃들에 둘러싸여 있었다

그 사람은 죽은 것이다

눈물을 흘린 후에 나는

야채나 날고기를 맛있게 먹었다

날마다 강해지는 바람을 맞으며
실차초(失車草)도 수국꽃도 피었다
머지않아 고귀한 연꽃도—
나는 소녀를 아내로 맞아들여
아이를 낳았다

까마귀

교외에서 잡은

까마귀를 먹었습니다

죽지 않으려 버르적거리는 까마귀를 결국에는

생나무가 타는 불꽃 속에

날개를 옭아매어 던져넣었습니다

타버린 깃털 속은 거의 고기가 붙어있지 않았습니다.

뼈까지 통째로

입에 넣고 빨았더니 겨드랑이 냄새가 나고

구수한 자연의 냄새가 가득 피워 올랐습니다

배가 아파오자

잠을 청했습니다

어둠속에 뼈를 던져버리고

벌렁 드러누웠습니다

하지만

어떤 애틋한 손인지—

던져버린 뼈가

지면에 떨어지자

그 순간

날갯소리를 남기고

하늘로 날아올랐습니다

뱀

대가리가 잘린 후에도
몸부림치는 새끼 밴 살모사의
태를 갈라서
꺼내자마자
찔러 죽였지만
뱃속에서 나온 새끼 살모사는 살아서
입을 열고
자기를 파헤친 자의 강철로 된 손을
물어뜯으려고 했다

이 끓어오르는
명확한 적의를 칭찬하면서
영광을 얻으려 칭송의 노래를 중얼거리며
불로 지졌다

재 일 디 아 스 포 라 문 학 선 집

최화국
崔華国

낙동강

각자 기호가 다르다

또 하나의 고향

최화국崔華國

1915년 경상북도 출생. 일본과 한국에서 신문사에 근무한 후, 1975년 다카자키시(高崎市)에서 찻집 '아스나로'를 열어 140회의 시 행사를 펼침. 1978년 한국어 시집 『윤회의 강』. 1980년 일본어 시집 『당나귀의 콧노래』, 1984년 『묘담의(猫談義)』로 제35회 'H씨 상' 수상. 1988년 『피터와 G』 출간. 1995년 미국 영주권 취득. 1997년 한국어시집 『만추』를 출간하여 '편운문학상 특별상' 수상. 1997년 미국에서 작고.

낙동강

40세가 되면 시를 써야지
40세는 너무나도 먼 세상이었고
그때의 나와는 전혀 무관했다
그런 탓에 시를 못 써도 할 수 없다
라는 계산이
내게 은밀하게 스민 걸까

이제 그 40세를 넘었고
그에 더해 또 20년, 나는
그대가 무작정 싫어하던 이 나라에서
의미도 없는 나이만 더해가고 있다
가을호수처럼 눈동자가 맑고 깊던 그대
그대가 있어서
참담한 조국까지 빛나 보였다
사랑스러운 그대여
노 젓는 내 팔에 뺨을 문지르던 그대
40세가 되면 시를 쓰겠다던 거짓말

실은 시 같은 건 쓰든 말든 상관없지 않았을까
사랑스러운 그대여

완만하게 흐르는 낙동강에
하염없이 가을햇살은 쏟아지고
구름은 유유히, 강물도 유유히
지금도 낙동강은 흐르고 있겠지
그로부터 40년
아직도 시는 제대로 쓰지 못한 채
그대가 무작정 싫어하던 이 나라에 있다

각자 기호가 다르다

수로 가를 걸어가면
물은 파랗고 바람도 푸르다
벼랑 끝 바람에 살랑거리는 강아지풀을
뽑아 줄기를 씹으면
고향 언덕의 보리이삭 냄새와 보리피리 소리가 난다

이 풋내 나는 가련한 풀을
일본에서는 고양이풀이라고 부른다
우리 마을에서는 강아지풀이라도 불렀다

개구쟁이 적에는 강아지풀 줄기를 뽑아
파란 이삭에 찍 침을 뱉어
강아지 코끝에 대고 간질이곤 했다
그렇게 하면 아직 강아지인 주제에 몸이 달아
코를 벌름대면서 킁킁 이상한 소리를 내며
어쩔 줄 몰라 날뛰었다

왜 옛날부터 마을 사람들은

고양이보다 개를 좋아했을까

고양이가 훨씬 귀엽고 영리한데도

나도 왜? 바보라서 그랬을까

바보라도 각자 기호가 다르니까

또 하나의 고향

> 사랑은 관용하며 사랑은 온유하다.
> 사랑은 투기하지 않으며, 자랑하지 아니한다.
>
> — 코린토 사람에게 주는 편지

지구는 왜 이처럼 아름다울까
창가의 아내가 우주비행사 같은 말을 한다
눈 아래 수묵화 같은 바닷가의 만과 후미진 해안이 안개에 싸여있다
드디어 뚜렷하게 초록으로 칠해진 일본이다
이제 조국은 하나가 아니다 또 하나의 고향 일본
반세기나 내 뼈를 굵게 해준 일본이다

저쪽이 시마네현(島根県)의 미호노세키(三保の関), 마쓰에(松江), 이즈
모(出雲)겠지
일본에 귀화해 시마네현에서 살았던 서양인 고이즈미 야구모* 옹의
헛기침 소리가 들여오는 게 아닌가
그곳 신지코(宍道湖) 호수의 빙어와 바지락 냄새가 코를 간질이는 게

아닌가

그로부터 한 시간정도 사랑하는 열도를 동쪽으로 나아가면

녹음 짙은 산림 속의 공항에 도착한다

제멋대로 달리는 기차에 흔들리며 흔들리며

건조한 바람과 아내 천하의 고향으로

사랑의 샘가로 돌아간다

좋은 말이 있지 않은가 일본에는

'말 하나마나 다 안다', '말을 해서 들통 난다'

완고하지 말고 우쭐대지 말고

신중하게 살아야 한다

조용하게 살아야 한다

옮긴이 주

*   고이즈미 야구모(小泉八雲, 1860-1904, 본명 : Patrick Lafcadio Hearn) : 그리스 출생의 그리스인. 신문기자, 기행문 작가, 수필가, 일본연구가, 일본민속학자.

재 일 디 아 스 포 라 문 학 선 집

하기 루이코
萩 ルイコ

하기 루이코萩 ルイコ

1950년 오사카부(大阪府) 출생. 시집『소꿉동무』(1987년),
『백자(白磁)』(1992년), 『나의 길』(2001년), 『사랑의 미
로』(2007년).

풀피리

강아지풀이 친근하게 느껴진다

민초의 한 사람에 불과한 나이지만

자신과 운명이 개척한 길을 따라

걸어왔다고 자부한다 사춘기 후반에는

아버지의 애인과 같이 살면서

자포자기 심정에 빠지기도 했지만

그 한심한 반생을

웃으며 앞으로도

나 스스로가 깐 레일에서 해로하고 싶다

그런 바람을 가진 자에게

녹슨 철퇴가 떨어졌다

전쟁이 끝난 후 54년째 되던 해의 8월에 성립된

일본의 국기(國旗)와 국가(国歌) 법안이 그것이다

백일홍 꽃은 선명하고 탐스럽게 한들거리고

흰 백합은 꼿꼿하고 시원스레 피어있다

냉랭한 지하철 안에서는 그 누구도 정치에 대해 논쟁하지 않는다

우연히 옆에 앉은 연인으로 보이는 젊은 남성도
같이 앉은 여성에게 남자는 미인에게 약하다고 말한다
오래전 이야기이지만
하차한 승객이 남겨놓고 내린 토사물에
젊은이들은 우스꽝스러울 정도로 혐오감을 드러냈다

일찍이 일본이 아시아 여러 나라를
유린했다는 사실을 대부분
외면한 체
일장기와 일본 국가인 기미가요를 일본의 국기와 국가로
정착시키려 한다
허허탄식!

이런 때일수록
근처 시냇가로 산책하듯 발걸음을 옮겨
한 사람 한 사람이 강가 우거진 나무숲에서
마음에 드는 나뭇잎을 골라
풀피리를 만들어보면 어떨까요
그렇게 나무 이파리 한 장으로 만든 악기에
새로운 입김을 불어넣어
소박한 장단을 허공에 날려보면 어떨까요
잠시 후면 강에서
뺨을 스치는 시원한 바람이 불어오겠지요

혼혈 ─ 우물거리다 ─ 2

한국인 원자폭탄 희생자 위령비는
혼카와바시(本川橋) 다리 옆에 있다
히로시마(広島) 평화기념공원의 바깥이다
나는 무덤에 절하는 한국식 방식을 모른다
내 마음대로 우선 신발을 벗고
위령비 앞에 무릎을 꿇었다
눈물이 하염없이 흘러내렸다

아까부터 미국인으로 보이는 일행 셋이
위령비 사진을 찍고 있다
위령비가 세워진 경위 등이
영어로 적혀있다
히로시마 원폭 투하에 희생된 사람 이십만 명 중
그 일 할인 이만 명이 조선인이라는 것
세 명의 일행 중 한 사람이
영어로 뭐라고 묻는다
한국인이냐고, 한국에서 왔느냐고 묻기에 "내 국적은 일본입니다. 오

사카에서 왔소. 일면식도 없는 사이이니 더 이상은 대답하지 않겠소"라
고 대답해 주었다
　그러자 "OK. Thanks"라 말하고는
　가버렸다
　상대가 누구더라도 그런 질문에는
　"내 국적은 일본이고 히가시 오사카(東大阪) 출생. 더 이상 대답하고
싶지 않소."
　이렇게 대답하고 끝낼 수 있다면

　내가 히로시마를 방문하고 나서
　한국인 피폭인 대표단이
　위령비를 방문했다
　위령비가 평화공원의 바깥에 세워져있다며
　묘비를 치며 분개해 했다

　화를 내면 일본사회와의 관계가 벌어질까봐 우려하는 나
　어차피 혼혈인 거다
　계속 성을 낼수록
　내 피의 반을 이루는 일본인이
　신음한다

봄을 되찾기 위해

나는 동해를 표류하는
한 장의 벚꽃 잎이다
죽음의 냄새를 맡고
자신도
피 같은 땀을 흘리고 있다
한국말을 배운 뒤로
나는 훌쩍 바뀌고 말았다
이 나라에
뼈를 묻지 않으면 안 되거늘

호랑이와
채찍을 든 조련사가
갈비뼈로 된 우리 안에서
벌이는 격투 연기
호랑이가 한국이고
조련사는 일본인걸까

아니면
호랑이가 강인한 기반에 반발하는 의지일까
조련사는 요즘에 나오는
잘 휘어지는 채찍 끝에
부케 모양의 알사탕을
달아놓은 모양이다

내가 나 자신으로 존재하기 위해서는
우리의 열쇠는 자신이 갖고 있어야만 한다
갈비뼈 우리 속에서는
검은 군화를 신은 조련사가
두려운 눈빛을 띤 호랑이에게
쫘악 하고 채찍을 휘두른다

아아 하늘에 계신 하느님
호랑이와 조련사는
나를 반반씩 나눠가진 분신입니다

여위어 피골이 상접한 호랑이는
채찍에 맞아
우리를 뚫고 나가지 못한 채
오열한다

나는 아직도

망나니란 말인가

하고 생각하지만

문제는 내 외부에도 존재한다

부탁입니다

조선학교에 다니는 여학생들의

치마저고리를

찢어 수치심을 갖게 하는

몰인정한 인간들이여

일본 옷을 차려입은 여성의

부디 우아한 아름다움에 눈뜨길 바란다

그리하면 치마저고리도

존중하게 될 것이다

근처 공원에는

미루나무 가로수 이십여 그루가 서 있다

왜인지 미루나무가

애처롭다

코로*의 그림에서 빠져나온 듯

부드럽게 흔들리는 나뭇가지를 바라보면

씻기듯 흘러내리는 눈물 한 방울

아리랑 아리랑 아라리요

옮긴이 주

* 코로 : 장 밥티스트 카미유 코로(Jean-Baptiste-Camille Corot). 19세기 바르비종 화파의
  대표적인 화가로, 프랑스 낭만주의 풍경화의 선구자.

재 일 디 아 스 포 라 　 문 학 선 집

허남기
許南麒

허남기許南麒

1918년 경상남도 출생. 1939년에 일본으로 건너감. 조선초급학교 교장과 재일 조선문학예술가동맹 위원장 등을 역임했으며, 전후 일본의 대표적인 시문학지 『렛토(列島)』 창간호 편집위원. 시집으로 1952년 『일본시사시집』을 비롯하여 『시집 조선의 겨울이야기』, 『화승총의 노래』, 『거제도』, 1959년 『조선해협』이 있고. 번역서 『조기천 장편서사시집 백두산』, 『조선은 지금 싸우고 있다』 등 저서 다수. 1988년 작고.

한밤중의 노랫소리

귀를 기울이면

노랫소리가 들려온다

깊은 밤

잠에서 깨어 귀를 기울이면

아득히 머나먼 구름 위로 노랫소리가 들려온다

그것은

소리도 없이 창을 열고

장지를 열어

내 가슴의 단추를 부서뜨리고

심장 한 구석에서 메아리친다

그리고 눈꺼풀 위에

작은 이슬을 남기고 사라져간다

그 노랫소리는

그것은

도카이도선(東海道線)과 산요선(山陽線) 기차를 타고 규슈 하카타(博多)까지 가서 거기서 다시 뱃삯 삼만 엔의 밀항선을 타고 현해탄을 넘는다.

머나먼 저쪽 나라에서 건너왔음이 틀림없다

그래서 그것은

고추 냄새가 난다

그래서 그것은

내 몸을 떨리게 한다

내 고향의 산이 노래하고

내 고향의 강이 노래하며

그리고 저 많은 슬픈 마을 사람들이 노래하고

그리고 저 많은 슬픈 역사가 노래하는

오랜 세월을

어둡고 추운 밤 속에서 지내다

오늘 또 어둠 속에 쫓겨 온

조선의 흙이 노래하는 노랫소리임에 틀림없다

그래서 그것은

깊은 밤 구름에 메아리치고

먼 이국에서 기거하는

내 심장마저 흔들어 깨운다

아아!

깊은 밤에 들려오는 노랫소리여
나는 너를 위해
또 얼마나 많은 눈물을 모아두어야 할까
노랫소리가 내 심장을 쥐어짠다
노랫소리가 내 눈물을 쥐어짠다

상품론商品論

돈을 받고

팔수 있는 것은

모두 상품이다.

그리고 상업은 훌륭한 행위이다.

그것이 구두이든

양복이든

혹은 집이든

논밭이든

팔수만 있다면

불평하지 않는 건 당연지사

모두 신의 이름 아래

허락된다

그것이

상품인지 아닌지를 말하는 것은

상과대학의 강의에서

인정되지만 어쨌든

그딴 건 어찌되든 상관없다

소와 돼지가 팔리는 이상

인간이라도 응당 팔 수 있을 테고

산림과 논밭도 팔리는 이상

국토를, 나라를 몽땅 팔 수도 있다

신문에 따르면

있지도 않은 물건을 팔고

감쪽같이 행방을 감추는 끔찍한 인간도 있다고 한다

그에 비하면 드러내놓고 판

이(李) 씨라든가 동종 사람들의 행위는

퍽 훌륭하기도 하다

상처

나는 오랫동안

그 주위를 헤맸다

나는 그 단층을

어쩌면 찾고 있었는지도

모른다

그러나 나는

내 자신이

무엇을 찾고 있었는지 알지 못했다

나는 단지

무턱대고 그 주위를

배회했다

어느 날 문득

나는 생각지도 않게

지각(地殼)의 갈라진 틈을 발견하고

그 가장자리에 섰다

그것은 자욱한 구름에 뒤덮여

좀처럼 사람을

접근하지 못하도록 했다

겨우

가장자리까지 다다랐을 때도

그 갈라진 틈새 밑에서 솟아오르는

심한 바람 그리고 모래와 자갈 때문에

그 아래가 어떻게 돼있는지도

들여다보지 못했다

배신당한 슬픔으로

가득 차서

나는 발길을 돌려 산을

내려가려 했다

아아, 막 그때였다

소리가 들려왔다

그것은 몹시도

무서운 신음소리였다

골짜기가 갈라지는 소리와도 비슷했다

거대한 땅의 울림과 함께

격렬한 불기둥이

하늘을 향해 솟아올랐다

그리하여

몇 개의 화상 입은 것들이

운석처럼 떨어져 내리는 것을

보았다

(그것이
신이었는지 아닌지)

단지 그곳은
내가 살고 있는 지구의 잘린 곳이며
그것이
내 쓰라린 상처라는 것은
확실했다

조우 遭遇

나는 어느 날
북적이는 거리에서
그 사람들과 우연히 마주쳤다

그러자 어찌된 일인지
갑자기 그곳만
해질녘의 슬픔으로 바뀌었고
갑자기 그곳만
보랏빛 얼룩무늬를 띠었다
거리는 여전히
소음을 한껏 날카롭게 내지르고 있는데도
그곳만은
소리가 끊긴 변두리 영화관의 필름처럼
지칠대로 지친 시간의 흔적이 남아있다
들려오던 소리는 정적으로 바뀐다

조선은

이곳에서의 거리는 바다 하나의 거리다

부산에서는 3톤 배라도

열대여섯 시간 정도면

올 수 있다는데

바닷바람을 맞으며 막 도착한 사람들

그들은 더듬거리는 일본어로 말한다

염주처럼 하나로 묶인 남자들 한 무리가

지나가는 그 한 쪽 구석만큼은

그들의 포기한 듯 웃는 얼굴과는 상관없이

너무나도 퍼렇다

너무나도 슬프다

곧 이 사람들은

길모퉁이를 돌아가겠지

곧 그들은

사라지겠지

곧 그들은

멀리 끌려가겠지

그리고 다시

이곳도 원래의 떠들썩한 거리로

돌아오겠지

그러나
아아, 그러나
여기에 남겨진 그들의 그림자는
사라지지 않는다

그들은 다시
내일도 이 시간에
여기로 올 것이다
시계의 진자처럼
내 가슴 위로
다가올 것이다
삶이 계속되는 한
그들과 나는
이 길모퉁이에서
스쳐지나갈 것이다
그들의 조선과
나의 조선이
서로 스치어 하나로 합쳐져
희미한 불빛을 비추기 위해서—

기억은 언제까지나 퇴색하지 않을 것이다
규슈 하카타(博多)의 길모퉁이는

언제까지나 퍼런색인 채로 남아있을 것이다

아아, 내 주위를 둘러싼

보랏빛 일본이여

다시 영산강

오늘도 온종일

조선의 여인들은 빨래를 한다

물에 담갔다가 때리고

눈물에 적셨다가 두드려서

오늘 하루도

이 강가에서 빨래를 한다

그것은 이국인도 아닌 같은 조선인의 총검에 찔려

죽임을 당한 남편의 겉옷이고

그것은 더 살기 좋은 조선을 요구했을 뿐인

지금은 감옥에 갇혀있는 아들의 하의이며

그것은

여러 차례 빈곤과 불행에 바랜

온갖 추억을 이야기하는 넝마이며

아아, 그리고

그것은

이 불우한 여인들의

불도 없는 어두운 관습 속에서

단 하나의 위로이며 말벗이다

그 가족의 계보를 씻고 있다

그 쓰디쓴 역사를 씻고 있다

재 일 디 아 스 포 라 　 문 학 선 집

호소다 덴조
細田傳造

호소다 덴조細田傳造

1943년 도쿄(東京) 출생. 가쿠슈인(学習院)대학 문학부 중퇴. 할아버지의 고향은 전라남도 강진이며, 아버지 대에 도일. 2008년 65세에 늦깎이로 시단에 데뷔하여, 2012년 69세에 출간한 첫 시집『골짜기의 백합』으로 2013년도 '나카하라 추야(中原中也)상' 수상. 2013년에 출간한『피터 래빗』또한 '오노 도자부로(小野十三郎)상'을 비롯하여 여러 문학상 후보에 오름. 2014년 한국어시집『골짜기의 백합』번역 출간. 2015년 제3시집『웅덩이』로 '마루야마 가오루(丸山薫)상' 수상. 2017년 제4시집『사마귀 빨아 먹혔다』출간.

나이를 묻다

쾌락을 향해

꽃피는 아카시아 가로수 길을

쾌락의 습지를 향해 서둘러 가다가

도서관에서 책을 안고 나오는 남자에게

나이를 묻는다

How old are you?

남자는 대답하지 않고 지나간다

이상한 노인이군 하는 눈치다

남쪽 섬 이야기를 하고 싶었을 뿐인데

아카시아 나뭇잎 그늘 아래서

하교하는 소년에게 묻는다

몇 살이니

아홉 살

소년의 대답에는

꾸밈이 없다

나무 그늘을 빠져나가는 빛에 꾸밈이 없다

시야에 푸른 다리가 들어왔다

쾌락의 습지는 가깝다

물가에서

죽은 뱀을 밟았다

나이는 묻지 않았다

쾌락의 습지는 가깝다

철학하는 밤

웬일로 맨정신인 아들과
술을 마셨다
마실수록
가을밤이 깊어간다
마실수록
마음은 맑아지고
리비도가 음극으로 기울어간다

철학당 푸른 풀밭 위에
철학의 푸른 안개가 서린다
나는 왜 태어났을까
안개 속에서 아들이 고개를 들고 중얼거린다

완고하게 침묵하는 신에게 묻지 말고 내게 물어라
그 문제는
내가 가장 잘 안다
너의 형이상학은

간음에서 비롯되었다

나는 어디로 가는 걸까

여자의 음부 속으로 돌아간다

머지않아 어머니! 라고 작게 외치고는

성운 속으로, 빛의 끝자락으로 사라지겠지

도쿄도 수도국의

급수탑 불빛이 사라졌다

음부가 차를 타고 마중 나올 시간이다

밤안개가 사라질 때까지 기다려라

너의 사치코를 기다려라

너의 리비도*가 마중 나온다

옮긴이 주

*   리비도 : 스위스의 융(Jung)이 제창. 정신 분석학의 원시적 충동에서 말하는 성욕과 성충동
    을 포함하여 모든 성적 욕망을 일컬음.

나비의 행방

봄의 끝자락에서 우리는 깨달았다
어린 잎새 위에서 고물거리던
그 투실하고
아름다운 초록빛 벌레가
슬프게도
결국은 나비로 탈바꿈한다는 사실을

가을의 끝자락에서
아이야
초롱초롱한 눈으로
나비를 쫓지 말아라
우리는 아직 모른단다
나비가 날아갈 세상의 끝을

땅거미 진 초원에서
아이야
초롱초롱한 눈으로

나비를 쫓지 말아라

빛의 끝자락에서 녹아내릴

슬픔을

쫓지 말아라

진리여

진리여 진리

그런 노래를 부르던 가수는 누구였던가

어깨를 흔들며 밝은 목소리로

노래 부르던 가수는 누구였던가

환한 내쇼날* 브라운관 안에서

노래 부르던 형님 같은

얼굴 환한 가수는 누구였던가

대중가요에 귀 기울이고

노래가 유행할 때마다

유행어를 신나게 내뱉던

촌뜨기 형님 같은

나는 누구였던가

진리여 진리

진리에 다다르면

밝은 세상 오려니

그 시절에는 그리 믿었습니다

그리 믿고

웃으며 노래하며

가나메초* 교차로를 건너갔습니다

시이나마치*에 있는 어묵탕집

유리문 안을 채운 자욱한 김 속에

진리가 있을 줄 알았습니다

김이 모락모락 올라오는 어묵탕집 안쪽 계단을 올라갔습니다

무슨 일이세요?

이층 방 여인이 물었습니다

진리를 만나러 왔습니다

신디라면 군인을 따라 미국으로 가버렸는데요

앉은 채로 원피스를 벗으며 여자가 말했습니다

"진리가 당신에게"

편지를 보여주자 여인은 메마른 목소리로 웃었습니다

마리 말이군요

한자로는 진리(眞理)라 쓰고 읽기는 마리라고 해요

마리는 이제 신디 마리가 됐고요

오하이오 주 콜럼버스에 있어요

그 시절에는

진리가 보고 싶었습니다

진리에 다다르면

사람답게 살 수 있다고 생각했습니다

보고 싶죠?

이층 방 여인이 말했습니다

불을 켜도 좋아요

스커트를 올리며 여인은 말했습니다

잘 보세요

옮긴이 주

* 　내쇼날 : 일본의 가전제품 제조업체.
* 　가나메초(要町) : 일본 도쿄 도시마구(豊島区)에 속한 지명.
* 　시이나마치(椎名町) : 일본 도쿄 도시마구에 속한 지명.

과자

구십 전 받아들고
오물 과자를 사러 간다
막과자*집 주인아줌마 오물* 과자 파나요?
봉지에 담아 파나요?

막과자집 아주머니 죄송합니다
그때는 죄송했습니다
일본어를 몰라서 죄송했습니다

그때를 돌이켜 보노라면 언제나 웃음이 나온다
오물 과자?
아주머니는 조금 웃고 나서
너 어느 공장에서 일하니?
나에게 물었다

오뚝이 막과자집인 똥갈봇집*
아주머니

그때는 고마웠습니다

나 구라하시에서 일해요
아주머니가 뛰쳐나갔다
구라하시 경금속 다이캐스트* 공업
오후 세 시의 디버링* 공장
직공 대기실 안
무리 속으로
아주머니는 뛰어들어갔다
갓 없는 전구가 매달린
흐릿한 불빛 아래 무리 속으로 뛰어들어갔다

과자가게 아주머니
그때는 죄송했습니다
일본어를 못하는 나 때문에
공장 사람들과 싸우게 해서
그때는 죄송했습니다
가미조 사치에*라는 어여쁜 이름
아주머니 이름을 어떻게 쓰는지
다음 날 세 시, 쉬는 시간에
일 엔짜리 지폐를 손에 쥐고
진짜 과자를 사러 간 나에게

쓱쓱 써 주신 그 종이쪽지
가미조 사치에
붓으로 써 내려간 그 아름다운 글씨
갱지에 번지던
아름답던 그 다섯 글자
아름답던 그 아주머니

아즈마바시 심상소학교[*] 야학 2학년 때 일을
아버지는 말씀하셨다
서예 시간
좋아하는 글씨체로
좋아하는 사람의 이름을 쓰라기에
가미조 사치에
손을 떨면서 썼다
신문지 위에 몇 번이고 썼다
가미조 사치에
그 사람 조선인이냐?
나보다 두 살 많은 옆자리 이 씨가 물었다
일본 여자요
젊은 여자냐?
이 씨 형님보다 연상이요
뭐야, 아줌마잖아

이 씨가 웃었다

나도 따라 웃었다

나와 옆자리 이 씨, 두 이 씨가 웃었다

앞자리에 앉은 두 양(梁) 씨가 웃었다

이 이름을 가진 부인은 공산주의자니?

야학 선생이 작은 소리로 물었다

공산주의자가 뭔가요?

나는 이 씨에게 큰 소리로 물었다

교실이 조용해졌다

당신이 연상을 좋아하는 습성은

이 집안 유전이죠.

아내가 말했다

아들 녀석도 연상의 정부가 있고

당신 손자 가케루는

수영 교실에서

오즈카 루리코 선생님 얼굴만 빤히 쳐다보다가

수영장에 가라앉는대요

나는 올 여름

구라하시* 경금속 다이캐스트 공업

근처의 막과자집인 갈봇집을

찾아갔다

아버지께 들은 알루미늄 공장은

외국어 상호로 명칭이 바뀌었고

아버지께 들은 도쿄 전분 공장은

에도 가린토* 공장으로 명칭이 바뀌었지만

아버지의

아들의

손자의

우리들의 막과자집인 갈봇집은

그 자리에 그대로 남아 있었다

오뚝이 키친집으로 상호 일부만 바뀌어

좁고 긴 빌딩 일층에 있었다

소나기가

찬바람을 몰고 왔다

나는

우리는

오뚝이 키친집 카운터에서

이런저런 이야기를 나누었다

제 증조모인 그 분은

야마가타현 쓰루오카에 있는 꽤 넓은 농가 출신이고

지금은 가족묘에 잠들어 계십니다

새우튀김 요리를 만들면서

오뚝이 키친집 여주인은 외가 쪽

증조모

가미조 사치에 씨가 잠든 장소를

쪽지에 적어 주었다

야마가타 현 쓰루오카 시 가모보도지* 절에

한번 찾아가 보리라

오물 과자라니!

그리도 오물 과자가 먹고 싶거든

너희들 똥이나

앞길에 있는 전분 공장에서 가루로 빻아다

실컷 처먹어!

여기 있는 가마솥에 구워서

헉헉

아무 것도 모르는 조선아이 가지고 놀지 마!

헉헉

요다음에 만들어 팔 테니까

너희들 꼭 사먹어라

사 처먹으라고!

오물 과자 오물 과자

아버지는 그 이야기를 하시고
늘 껄껄 웃으셨다

그리도 재미있는 이야기인가
오물 과자
육십 년 묵은 이야기를 꺼내
손자에게 들려주었다
오물이 뭐게?
똥
뭐, 똥 과자?
손자는
다섯 살배기 사내아이는 깔깔 웃었다
이상해 이상해 똥 과자 이상해
계속해서 웃었다
눈물을 그렁거리며 데굴데굴 구르며
웃었다

그 이야기가 그렇게도 우습니?
손자는
얼굴을 찡그리며 입을 다물었다

오물 과자

아버지가 웃었다

증손자가 몸을 들썩이며

자지러진다

아아 이상해

오물 과자

가미조 사치에 씨의 분노

조선 사람을 위해

그렇게 화를 낸 일본 여자는

그때 처음 봤다

한참을 웃고 난 뒤

아버지가 말했다

이 나라에서 끓어오르는 분노

알루미늄 다이캐스트 공장 앞

오나리즈카 도오리* 거리를

나는 잔인한 한 마리 여우가 되어

캥 하고 울부짖으며 목을 내리쳤다

오물 과자를 먹여 주리라

옮긴이 주
*　막과자(駄菓子) : 조, 보리, 밀 등의 잡곡 가루를 흑설탕으로 반죽해서 구운 소박하고 값이 싼
　과자.
*　오물(汚穢) : '오물'의 일본어 발음은 '오와이'이고, 더러운 물건, 똥, 대소변이라는 뜻. '막과자
　(駄菓子)'의 일본어 발음은 '다가시'. 이 시에서는 막과자 '다가시'를 '오와이'라고 잘못 말함.

* 똥갈봇집 : 일본어 발음에서 갈봇집은 '다루마야(達磨屋)'이고, 오뚝이는 '다루마(達磨)'. 이 시에서는 잘못 말한 앞 단어에 뒤에 오는 엇비슷한 단어를 합쳐, '다가시 다루마(오뚝이 막과자집)'를 '오와이 다루마야(똥갈봇집)'라고 다르게 말함.
* 다이캐스트(diecast) : 정밀한 금형을 사용하여 자동 또는 수동 방식으로 주탕하고 쇳물에 압력을 가해 주조하는 공업 방식.
* 디버링(deburring) : 공업용어로 연마작업 시 발생하는 이물질 제거를 말함.
* 가미조 사치에의 원어 : 上条루知恵.
* 아즈마바시(吾妻橋) 심상(尋常)소학교 : 아즈마바시 심상소학교는 도쿄 스미다구(墨田区)에 있었던 초등학교이며, 심상소학교는 1886년부터 1941년까지 일제가 초등 과정의 의무 교육을 행하던 학교.
* 구라하시의 원어 : 倉橋.
* 가린토 : 튀긴 밀가루 반죽에 흑설탕과 꿀을 발라 건조시킨 막과자의 일종.
* 야마가타현 쓰루오카 가모보도지 절의 원어 : 山形県 鶴岡 加茂平等寺.
* 오나리즈카 도오리(御成塚通り) : 일본 도쿄 이타바시구(板橋区)에 속한 지명.

고향의 산에 오르다

산기슭 마을에서
무화과를 먹으라고 권한다
설탕 넣은 우유처럼 애매한 맛
맛있어요? 라고 물어보기에
애매하게 고개를 끄덕인다

월출산[*]을 오르기 시작했다
바위 표면을 가르고 서있는 나무는 무슨 나무인가
석류다
예전에 가이[*] 지방에서 먹어본 적이 있다
맛보세요 일행이 말한다
적포도주 같은 과즙을 빨아먹는다

차츰 산이 깊어졌다
발길 닿는 곳마다
길가에 꽃이 피어있다
노란 꽃의 이름을 묻는다

모른다고 답한다

하얀 꽃의 이름을 묻는다

몰라요

꽃잎이 다섯 장인 이 분홍색 꽃 이름은?

몰라요

나지막이 넘노는 작은 갈색 새의 이름을 묻는다

몰라요

어디라도 널려있는 것들이에요

산이 차츰 험해졌다

숨이 차서 돌 위에 앉는다

괜찮아요?

고개를 젓는다

원기 회복 원기 회복

중얼거리며 일행 중 한사람이 높은 나무에 오른다

거침없이

익은 열매를 딴다

빙긋 웃으며 어서 먹으라고 권한다

기다란 보라색 열매

속살은 두껍고 흰 반투명

갈라진 틈에서 검은 알갱이가 유혹한다

먹어본다

달고 애달픈 맛이 난다

저자 주

* 월출산(月出山) : 전라남도 영암군과 강진군 사이에 있는 해발 고도 809m의 산. 암석이 대부분인 지형 특성상 독특한 생태계를 이루고 있음. 조선시대 문인 김시습이 수려한 풍광을 극찬했으며, 현재도 달맞이 명소로 손꼽힘.
* 가이(甲斐) 지방 : 야마나시현(山梨県)의 옛 이름.

(번역 : 한성례)